Ist es möglich, mit einem Friedhof zu Lebzeiten verwachsen zu sein? Also, ein Bild sagt mehr als 1000 Worte, oder? Mir war es ein Bedürfnis, dem Zentralfriedhof in Form eines Krimis ein Denkmal zu setzen. Chefinspektor Kneiffer hat sich begeistert gezeigt, und so möge dieses Büchlein Krimi-Freunden und Liebhabern des Zentralfriedhofs viel Freude bereiten!

Der Sinn des Lebens ist etwas, das keiner genau weiß. Jedenfalls hat es wenig Sinn, der reichste Mann auf dem Friedhof zu sein.

Sir Peter Ustinov

Zentralfriedhof

Der Krimi

Jürgen Heimlich

www.tredition.de

© 2012 Jürgen Heimlich

Autor: Jürgen Heimlich
Umschlaggestaltung, Illustration: Jürgen Heimlich

Verlag: tredition GmbH, Mittelweg 177, 20148 Hamburg
Printed in Germany
ISBN: 978-3-8424-9494-7

Bibliografische Information der Deutschen Nationalbibliothek:
Die Deutsche Nationalbibliothek verzeichnet diese Publikation in der Deutschen Nationalbibliografie; detaillierte bibliografische Daten sind im Internet über http://dnb.d-nb.de abrufbar.

Eins

Immer die gleiche Route. Fast jeden Tag ging Kneiffer langsamen Schrittes vom dritten Tor aus den Hauptweg entlang, bis er den *Park der Ruhe und Kraft* erreichte. Manchmal setzte er sich für wenige Minuten in den Park, um über die Vergangenheit nachzudenken. Doch nicht heute, an diesem schönen Sommertag. Er durchschritt das Areal ohne auf die Menschen achtzugeben, die sich dort aufhielten. Dann scherte er nach rechts aus, befand sich bald bei den nahe der Friedhofsmauer gelegenen Ehrengräbern. Die weithin sichtbare Kuppel der Lazaruskirche faszinierte ihn ungebrochen. Keine fünf Minuten später musste er feststellen, dass die russisch-orthodoxe Abteilung des Zentralfriedhofes eine neue Grabstelle enthielt. Eine knappe viertel Stunde danach wischte er sich den Schweiß von der Stirn, nachdem er hinter der Lueger-Kirche kurz stehen blieb. Die Friedhofskirche hatte nie einen besonderen Reiz auf ihn ausgeübt. Wie oft war er eigentlich dort eingekehrt? Einmal im Rahmen einer Ausstellung, einmal bei einem Gottesdienst. Also, kaum der Rede wert. Er ärgerte sich über seine mangelnde Kondition. Selbst die paar Schritte, die er täglich absolvierte, kosteten ihm nicht wenig Mühe. Er bewältigte die letzten Meter zu seinem anvisierten Ziel mit dem Gefühl, bald in Ohnmacht zu fallen.

Die Grabpflege hatte er bereitwillig übernommen. Nun, wo er viel Zeit hatte, goss er fast jeden Tag die Blumen, zündete jeden zweiten Tag eine Kerze an. Und er sprach ein Gebet für die Frau, die er über alles geliebt hatte. Er glaubte immer noch, versagt zu haben. Über 15 Jahre war es her, dass sich Linda umbrachte. Eine Selbstmörderin, die zuvor vier Menschen ermordet hatte. Kneiffer machte ein Kreuzzeichen, um das Gebet zu beschließen. Er hatte erreicht, dass die Friedhofsverwaltung eine Bank gleich neben der Grabstelle postieren ließ. Auf diese Bank setzte er sich, packte eine kleine Jause aus. Nie hätte er gedacht, dass er zu einem regelmäßigen Friedhofsbesucher taugen könnte. Aber diese Stunden auf dem weitläufigen Areal des Zentralfriedhofs waren eine willkommene Abwechslung zu einer ansonsten eintönigen Lebensgestaltung. Der Friedhof war zu seinem zweiten Zuhause geworden.

Er packte die Wasserflasche wieder in seinen Rucksack, schnallte sich diesen um, und machte sich auf den Weg zurück. Aber nie, ohne zuvor einen Blick auf sein eigenes Grab zu werfen. Ja, er hatte sich dazu entschlossen, schon zu Lebzeiten eine Grabstelle für sich zu organisieren. Nicht, weil er Angst davor hatte, frühzeitig zu sterben und möglicherweise seine Nachkommen mit immensen Begräbniskosten zu belasten. Der Grund hing mit Linda Wunderlich zusammen. Nur wenige Jahre nach ihrem Tod war die Idee in seinem Kopf gereift, in unmittelbarer Nähe von Linda begraben werden zu wollen. Das Glück half insofern mit, dass eine Grabstelle links neben ihrer aufgelassen wurde. Er fand es völlig normal, seinen eigenen Grabstein zu begutachten, auf dem sein Geburtsjahr eingraviert ist. Wann würde er sterben und das Sterbejahr hinzugefügt werden? Er sagte nicht selten in Gedanken die Jahreszahlen bis 2100 auf. 2100 war natürlich Unsinn, denn wie sollte er es bewerkstelligen, 150 Jahre alt zu werden? Andererseits konnte man nie wissen. Er fand die Vorstellung interessant, Linda um mehrere Jahrzehnte zu überleben. Erst dann würde er sie wieder sehen. Seit ihrem grauenvollen Tod glaubte er an den Himmel und die Hölle. Wo immer sie sein mochte, er war bereit, ihr dorthin zu folgen.

Der Weg zurück entsprach nicht den gleichen Pfaden wie der Hinweg. Er wählte die Route entlang der hinteren Friedhofsmauer, vorbei an den Soldatengräbern. Der Friedhofsmauer folgend gelangte er nach einem längeren Marsch zu einer grünen Tür, durch die er den evangelischen Friedhof erreichte. Kneiffer machte keine Pause mehr, blieb nur hie und da vor einzelnen Grabstellen stehen, die er erstmals genauer in Augenschein nahm. Das Lesen von

Grabinschriften war für ihn zu einem Hobby geworden. Vom Zentralfriedhof zu seiner Wohnung war es nur ein Katzensprung. Er hatte sich vor einigen Jahren eine Wohnung gesucht, die es ihm ermöglichte, das Grab von Linda ohne lange Anreise erreichen zu können. Dafür gab er seine Eigentumswohnung auf, hauste nunmehr in einer kleinen Mietwohnung. Mitten in seine Gedanken hinein begrüßte ihn ein Mann mittleren Alters. Er schrak auf.

»Entschuldigen Sie, aber wir kennen uns, nicht wahr?«

Kneiffer schaute sich den Mann genau an.

»Nicht, dass ich wüsste.«

»Das wird schon noch«, sagte der Mann und zog einen imaginären Hut.

Menschen gibt es, fragte sich Kneiffer, der diesen Mann definitiv nirgends hatte zuordnen können. Möglicherweise einer, dem er mal eine Straftat nachgewiesen haben mochte? Oder ein Ex-Kollege? Bis vor vier Jahren war Kneiffer Chefinspektor gewesen, sogar ziemlich erfolgreich. Aufklärungsrate bei Mord: 100 %! Es hatte keine Leichen im Keller gegeben. Doch es tauchten dramatische Erinnerungen auf. Allen voran jene an Linda Wunderlich, in die er sich verliebt hatte, obwohl ihm klar hätte sein müssen, dass sie eine Verdächtige in mehreren Mordfällen war.

Er erreichte gegen 18 Uhr seine Wohnung. Zeit für das Abendessen. Jeder Tag im Gleichschritt. Nichts Neues. Genau das wollte er. Fernseher hatte er keinen. Auf Internet wollte er nicht verzichten. Er besuchte immer die gleichen Seiten. Sport, Religion, Kunst. Jeder Tag war verplant. Friedhof, Internet, Essen und Trinken, Schlaf. Manchmal eine Ausstellung…

»Ach, zum Teufel!«, schrie er auf. Morgen hatte er einen Termin mit seinem Sohn. Eine wichtige Sache. Fast hätte er darauf vergessen.

Zwei

Chefinspektorin Belinda Winter und Gruppeninspektor Fritzi Schuch waren in eine tiefsinnige Diskussion vertieft. Schließlich galt es, endlich zu einem Ergebnis zu gelangen, doch darauf konnten sich die beiden nicht einigen.

»Wir drehen uns im Kreis, Belinda! Irgendwann ist Schluss mit lustig…«

»Das sind wir ihm schuldig. Wir müssen uns etwas überlegen, das ihn aus den Schuhen haut.«

»Am liebsten würde er sich eh gleich ins Grab legen.«

»Sag so was nicht, Fritz!« Belinda Winter schüttelte energisch den Kopf.

»Ach was, glaubst du nicht, dass Edi akut selbstmordgefährdet ist? Der ist ja nur mehr ein Schatten seiner selbst. Bräuchte dringend wieder psychologische Betreuung…«

So ging es seit einer guten Stunde. Chefinspektorin Belinda Winter und Gruppeninspektor Fritzi Schuch blieben bei ihren Standpunkten. Ein Geburtstagsgeschenk der exklusiven Art für ihren Ex-Chef und im Falle von Belinda auch Ex-Lebensgefährten ließ sich nur schwer eruieren. Brainstorming war bis zum Exzess getrieben worden.

Der neue Praktikant Wendelin Wurm setzte sich fast lautlos auf einen Stuhl. Hätte er nach einiger Zeit nicht Schnarchlaute von sich gegeben, wäre er wohl nie von Fritzi und Belinda entdeckt worden.

»Was liegt an?«, fragte er seine höherrangigen Kollegen

»Du sollst in den Auswahlprozess einbezogen werden. Immerhin bist du nicht mit Vorurteilen behaftet, kanntest unseren guten Eduard ja gar nicht.«

»Der gemeinsame Ausflug mit ihm war allererste Sahne«, bemerkte Wendelin, wenngleich er keineswegs aus deutschen Landen in die Stadt Wien entsandt worden war.

»Nun ja, ein bisschen merkwürdig war es schon, dieser Trip auf den Zentralfriedhof…«

»Seine große Runde hat er sicher schon für heute bewältigt.«

Chefinspektorin Belinda Winter kannte ihren Eduard nur zu gut. Insgeheim war sie nach wie vor in ihn verliebt. Er hatte das gewisse Etwas, das sie verrückt nach ihm machte. Nun ja, jetzt war er ein gesetzter Herr im verdienten Vorruhestand. Er sammelte keine Briefmarken, traf sich mit einer einzigen Ausnahme nie mit Ex-Kollegen. Sie machte sich Sorgen um ihn. Überlegte, ihn mal zu besuchen. Eduard hatte ihr damals klipp und klar gesagt, dass er keine Beziehung mehr ertragen könne. Das war weitgehend auf Linda Wunderlich zurückzuführen. Diese Linda! Hatte ihrem Eduard das Herz gebrochen.

»Was ist jetzt, Belinda? Wie findest du den Vorschlag von Wendelin?«

Sie machte eine entschuldigende Handbewegung.

»Habe nicht zugehört.«

»Es sei dir verziehen! Hast heute lange genug meine absurden Ideen ertragen müssen. Wendelin schießt aber den Vogel ab!«

»Also?«, fragte Belinda in Richtung des Praktikanten.

»Wir könnten ihm eine Saisonkarte für seinen Lieblingsfußballverein schenken, und dazu auch noch Getränkegutscheine von der Kantine, damit er keinen Durst leiden muss. Soviel ich weiß tendiert er dazu, zu wenig zu trinken.«

»Hört, hört!«, rief Belinda mit Entzücken aus. »Da hat unsere Schnarchnase ja einen großartigen Vorschlag aus dem Hut gezaubert. Aber…«

»Aber?«

»Aber Edi hat sich schon seit Jahren kein Match mehr angesehen. Er ist mit dem Friedhof verwachsen, alles andere interessiert ihn höchstens bedingt.«

»Wie sollen wir dann je ein passendes Geschenk für ihn finden?«, folgerte der Praktikant durchaus adäquat.

»Tja, das ist das Problem, mit dem wir uns seit Wochen herumschlagen. Edi soll buchstäblich hingerissen sein von seiner Geburtstagsüberraschung. Etwas, das es in dieser Form womöglich noch nie gab...«

»Da gilt es wohl, weiter nachzudenken«, sagte Gruppeninspektor Fritzi Schuch.

Und so begab es sich, dass drei Menschen ein weiteres Mal leere Zettel vor sich liegen hatten und bemüht waren, darauf die originellsten Ideen für ein Geschenk zu vermerken, die selbst einem den Toten näher als den Lebenden stehenden Menschen zur Ehre gereichten.

Drei

Eduard Kneiffer wurde von einem starken Klopfen geweckt, auf das er zunächst gar nicht reagierte. Erst, als er eine Stimme vernahm, zog er sich schnell an. Schlaftrunken öffnete er im Pyjama die Tür und Freddy stand davor.

»Warum meldest du dich nicht, Paps? Weißt du eigentlich, wie lange ich schon diese Tür traktiere?«

»Jetzt bin ich ja da. Was willst du denn um diese Zeit bei mir?« Kneiffer deutete auf seinen Arm, wo sich allerdings keine Uhr befand.

»Es ist 13 Uhr und wir sind verabredet. Beim Chinesen um die Ecke! Ich habe dort eine halbe Stunde gewartet...«

Eduard Kneiffer bat seinen Sohn in seine Wohnung. Während er sich umzog, gingen ihm allerlei Gedanken im Kopf herum. Er hätte sich doch einen Knoten ins Taschentuch machen sollen, um den Termin mit Freddy nicht zu vergessen.

Unterschiedlicher hätten Freddy und Eduard nicht angezogen sein können. Freddy trug einen dunkelblauen Anzug, ein schneeweißes Hemd und eine rote Krawatte. Eduard abgetragene Jeans, dazu ein ungebügeltes, kurzärmeliges Hemd, das einmal blütenweiß gewesen sein mochte. Vom Schuhvergleich ganz zu schweigen.

Zwanzig Minuten später waren sie beim Chinesen. Freddy haute ganz schön rein, während sein Vater kaum einen Bissen herunterbrachte.

»Ich lade dich nicht nur zum Essen ein. Ich habe etwas Wichtiges mit dir zu besprechen«, sagte Freddy und starrte dabei auf seinen vollen Teller.

»Da bin ich mal gespannt.« Kneiffer richtete sich auf eine längere Rede seines Sohnes ein. Seit er sein eigenes Leben führte, war er zum Dauerquassler geworden.

»Du weißt, dass ich einen finanziell lukrativen Job habe. Bei diesem Multi mitten in der Innenstadt. Und wenn ich dann noch meine Boni hinzurechne… Ich könnte mich dumm und dämlich verdienen. Aber damit ist jetzt endgültig Schluss. Lange genug habe ich dem Treiben zugesehen. Schlimmer noch: Ich habe mich an dem Schwachsinn beteiligt. Dieser Konzern beutet Menschen aus. Während wir höheren Angestellten und mehr noch die Vorstände gar nicht wissen, wohin mit ihrem Geld, herrschen in den Zulieferbetrieben erschreckende Zustände. Eine Frau hat mir Fotos gezeigt. Die Menschen hausen in winzigen Hütten, können sich mit dem mickrigen Lohn wohl kaum über Wasser halten. Arbeiten unter miserablen Bedingungen, sehen stundenlang kein Tageslicht, müssen sich jedes Mal abmelden, wenn sie zur Toilette wollen. Sie werden zu Überstunden gezwungen, die ihnen die letzten Kräfte kosten. Die Chemikalien, mit denen sie hantieren, machen diese Menschen krank, abgesehen davon, dass dieses giftige Gemisch einfach irgendwo abgelagert wird und die Umwelt verpestet. Und das alles nur, damit wir am anderen Ende der Welt in Luxus leben. Ich wundere mich darüber, wie ich denen überhaupt auf dem Leim gehen konnte. Haben mir damals den Mund wässrig gemacht. Dicke Konten, Luxusschlitten, Weltreisen. Doch zu welchem Preis? Jahrelang bin ich im Kreis gelaufen, habe Männchen gemacht. Ich habe dich immer verlacht, Paps! Ein Polizist, ein Chefinspektor! Absurd, so was. Und habe mich darüber geärgert, dass du nie Zeit für mich hast. Dabei war es mir bedingt durch den hanebüchenen Job unmöglich, je auch nur eine halbwegs funktionierende Beziehung mit einer Frau einzugehen! Ja, einige Damen hätten mich genommen, aber nicht meiner schönen Augen und meines wunderlichen Charakters wegen! Oh, nein! Sie wollten es sich mit mir gut gehen lassen, ausgehen, bis der Klingelbeutel leer ist. Kurz und gut, lieber Paps: Ich habe gekündigt und will zur Polizei.«

Eduard Kneiffer war erstaunt. Er nickte seinem Sohn zu, der aufstand, zum Buffet ging und auf seinem Teller Hühnerfleisch, Rindfleisch, Gemüse und Nudeln stapelte. Kneiffer wartete geduldig, bis sein Sohn zurück an den Tisch kam. Er bewunderte den Heißhunger von Freddy.

»Nun ja, ich bin ein wenig überrascht. Du musst wissen, was du für richtig hältst. Du hast dir deine Entscheidung sicher gut überlegt!«

»Ist das alles, was du zu sagen hast?«, bemerkte Freddy und Enttäuschung war aus seiner Tonlage herauszuhören.

»Willst du gebauchpinselt werden?«

Freddy schüttelte heftig seinen Kopf. »Ich dachte, du freust dich über meine Entscheidung. Ich trete in deine Fußstapfen, verstehst du? Ich habe dich nicht davon informiert, dass ich seit ein paar Tagen in einem Bio-Supermarkt an der Kasse stehe! Polizist will ich werden und nächste Woche habe ich den ersten Teil der Prüfung.«

»Ich habe das Gefühl, dass dir meine Nachricht besser gefällt als du zugeben willst. Kaum mache ich den Mund auf, isst du wie ein Scheunendrescher.«

Eduard Kneiffer war gar nicht aufgefallen, dass er seinen Teller doch noch leer gegessen hatte, lachte ob dieser Tatsache und sein Sohn stimmte nach einiger Zeit mit ihm ein.

»Da magst du recht haben, Freddy. Es ist nur so, dass ich mich derzeit nicht so gut fühle. Mein unkontrolliertes Essverhalten muss also nicht ursächlich mit deiner frohen Botschaft zu tun haben.«

»Hach, du bist ertappt, Paps! Ich habe meinen ersten Fall gelöst! Du genießt die Vorstellung davon, dass ich dir nacheifere.«

»Du wirst viel Lehrgeld zahlen müssen, ehe du in der Position bist, die ich am Ende meiner Laufbahn bei der Polizei bekleidet habe. Was glaubst du, wie viele Jahre ich Streife gefahren, Bezirksinspektor gewesen bin. Die Mordkommission ist ein hartes Brot.«

»Wer sagt, dass ich als Chefinspektor bei der Mordkommission enden will? Möglicherweise ist mir das zu stressig und ich will tatsächlich irgendwann eine Familie gründen, für die ich auch Zeit habe.«

Eduard Kneiffer lächelte seinen Sohn an. »Ich konnte es nie leiden, wenn du von deinem Job erzählt hast.«

»Das habe ich kaum getan.«

«Das stimmt auch wieder.«

Vater und Sohn verabschiedeten sich, nachdem sie auch noch den Nachtisch verputzt hatten. Kneiffer sah seinem Sohn nach, der in sein großspuriges Auto stieg und davonfuhr. Er fragte sich, was er falsch gemacht hatte, dass Freddy ausgerechnet Polizist werden wollte. Dieser merkwürdige Job bei einem fragwürdigen Unternehmen hatte nicht zu ihm gepasst, natürlich. Aber diesen dicken Fisch einfach von Bord werfen, ganz von vorne anfangen? Das hätte er sich nie getraut. War sein Leben immer statisch verlaufen, und er konnte es sich nur nicht eingestehen? Kneiffer machte sich auf den Weg zum Friedhof, weil er auf seine tägliche Runde nicht verzichten konnte.

Der Friedhof war an diesem heißen Sommertag fast menschenleer. Nur ein paar Touristen fotografierten sich gegenseitig und streckten ihre Hände Monumenten entgegen, die als Ehrengräber deklariert sind.

»Entschuldigen Sie, wo ist das Grab von Falco?«

Eine ältere Dame strahlte ihn mit blauen Augen an.

»Da sind Sie ganz falsch«, sagte Kneiffer und ging weiter seines Weges.

»Aber hören Sie mal.«

Eduard Kneiffer wollte nichts hören, dafür war ihm seine Zeit doch zu kostbar. Er freute sich, keine fünf Minuten später endlich mal ein bekanntes Gesicht zu sehen. Alfred, ein Kumpel, mit dem er hie und da schon gemeinsam ein Bierchen getrunken hatte.

»Wie geht's, Alfred? Alles im grünen Bereich?«

Alfred saß auf einer Bank nur wenige Meter von einigen Gräbern entfernt, die Kneiffer wegen ihrer Schönheit ins Herz geschlossen hatte.

»Na, wie geht's? Du heißt ja nicht Eduard, dass es dir um jedes Wort zuviel schade ist.«

Kneiffer lachte über seine eigene Bemerkung. Als er direkt vor Alfred zu stehen kam verging ihm aber jeglicher Spaß. Alfred rührte sich nicht. Er trug einen Sonnenhut und sein Kopf hing nach unten. Ein fachmännischer Blick genügte, dass Eduard Kneiffer klar war, es mit einem Toten zu tun zu haben.

»Wie im falschen Film…«, murmelte Kneiffer, der sich umsah. Hier in der Gegend war außer Alfred und ihm überhaupt kein Mensch zu sehen. Er hätte gerne die Polizei gerufen, aber dazu braucht man im günstigsten Fall ein Mobiltelefon. Er hatte keines. Während er stumm neben seinem toten Freund saß, riss ihn eine sehr laute Stimme aus seinen Gedanken.

»Haben Sie ihn tot gemacht, Mensch? Ein Streit und aus die Maus?«

Der Mann schaute aus wie 100 Jahre alt, mehr tot als lebendig.

»Haben Sie ein Handy?«

»Habe ich. Wollen Sie sich stellen? Ich rufe gleich die Polizei an, Sie werden sich wundern…«

»Ich bin von der Polizei«, sagte Eduard Kneiffer mit Selbstbewusstsein in der Stimme. Es tat gut, die alten Zeiten wieder hervorzukramen.

»Das kann ja jeder sagen. Zeigen Sie mir Ihren Dienstausweis!«

»Nicht dabei, guter Mann. Ich bin in zivil. Borgen Sie mir bitte ihr Mobiltelefon. Ich rufe meinen Kollegen an.«

Mit einem Brummen überreichte der 100 Jahre alte Mann Kneiffer das Handy. Sofort wählte der ehemalige Chefinspektor die Nummer des Bezirkskommissariates 24.

Vier

Fritzi Schuch feierte die Fertigstellung des Manuskripts mit einem Glas Sekt. Gern hätte er mit einer Frau an seiner Seite angestoßen, doch seit fast sieben Jahren war er Witwer. Die Verheiratung mit Elvira hatte sein Leben verändert. Eine Frau, die ihm seine Grenzen aufzeigte und gleichzeitig mit ihm jegliche Grenze überschritt. Das Zusammenleben mit Elvira war die schönste Zeit seines Lebens gewesen. Jeder Tag konnte neue Überraschungen bringen. Er hätte nie wieder ein Büro betreten müssen. Eines Tages war ein Streit darüber, wieso er nach wie vor für die Mordkommission tätig sein wollte, tragisch zu Ende gegangen. Elvira schnappte nach Luft und fiel dann um. Sie starb im Alter von nicht einmal 60 Jahren. Das Begräbnis wurde von zahlreichen Vertretern der Medien begleitet. Der Sohn von Elvira Bärbeißer hatte seiner Mutter Reichtum gebracht, und das Schicksal meinte es gut mit Fritzi, der als Alleinerbe im Testament bedacht war. Er zahlte den Angehörigen von Elvira ohne Murren Pflichtanteile aus. Mit dem Vermögen, über das er verfügte, hätte er ein Leben in Saus und Braus führen können. Stattdessen nutzte er seine Zeit, Kriminalromane zu schreiben. Drei im Laufe von fünf Jahren. Das klingt gar nicht so überirdisch, aber nebenbei war er Gruppeninspektor der Mordkommission. Er hatte nicht einmal Privilegien, wie vermutet werden könnte. Nie warf er sich vor, vielleicht Mitschuld am Tod seiner Frau getragen zu haben. Sie hatte eine Herzschwäche gehabt, und da war es keinesfalls überraschend gewesen, dass sie mitten in einem Gespräch das Zeitliche segnete.

»Hörst du denn das Läuten nicht?« Fritzi Schuch wurde aus seinen Träumen gerissen. War er gar kein Autor von Kriminalromanen, ja nicht mal Millionenerbe? Er trommelte mit den Fingern auf den Tisch. Nichts davon. Er erinnerte sich daran, dass der verstorbene Peter Keller in seinem Traum aus einem imaginären Roman vorgelesen hatte.

»Na, was ist jetzt?«

Fritzi Schuch überwand sich und nahm das Telefon in Beschlag. Was er nun zu hören bekam war kein Traum, sondern ein Alptraum. Sein Ex-Chef Eduard Kneiffer hatte einen Toten auf dem Zentralfriedhof entdeckt. Fritzi versicherte, in den nächsten Minuten am Ort des Geschehens zu sein.

Der Zentralfriedhof präsentierte sich im besten Licht. Fritzi Schuch hätte gerne die Lueger-Kirche besucht, aber die war leider um diese Zeit geschlossen. Außerdem musste er gemeinsam mit Belinda Winter erste Befragungen durchführen. Eduard Kneiffer wirkte auf Fritzi so, als stünde er kurz davor, zusammenzuklappen.

»Alles in Ordnung mit dir, Edi? Kann ich dir helfen?«

»Ein Glas Wasser wäre gut.«

Fritzi Schuch holte eine Flasche Mineralwasser aus dem Wagen, der in einem Seitenweg parkte.

Er wendete sich dem alten Mann zu, während Belinda Winter ihrem Ex-Geliebten erste zusammenhängende Worte zur Auffindung eines Toten entlockte.

»Ich kenne Sie von irgendwo…«, mutmaßte Fritzi. »Sie haben ein markantes Gesicht. Schauspieler vielleicht?«

Der alte Mann lächelte. »Knapp daneben ist auch vorbei. Ich bin Sieglinde, die Frau mit tausend Gesichtern. Bekannt aus Funk und Fernsehen.«

Der Gruppeninspektor klatschte leise in die Hände. »Um Gottes Willen! Es tut mir leid, Frau, Frau…«

»Larson!«

»Ja, genau, Frau Larson… Sie haben in dieser Serie 112 verschiedene Rollen verkörpert, oder?«

»Stimmt, der Herr. 112 verschiedene Rollen und das brachte

mir viele Auszeichnungen...«

»Eine Autodidaktin, nicht wahr?«

»Sie sind der Witwer von Elvira Bärbeißer, oder?«

Hatte er sich doch nicht getäuscht und Peter Keller war ihm gar nicht im Traum erschienen? War Sieglinde ein Medium? Millionenerbe und Krimiautor, das wäre schon was.

»Ich war zwei Jahre mit ihr verheiratet.«

»Viel zu früh ist sie von uns gegangen, viel zu früh. Eine Frau in der Blüte ihres Lebens. Und Sie hatten das Pech, von Ihrem Abgang nicht zu profitieren. Hat sie ziemlich gewurmt damals...«

»Wie können Sie das wissen?«

»Ach, Jungchen, das war ein offenes Geheimnis. Sie hat alles diesem windigen Literaturagenten vermacht...«

»In den Rachen geschoben, wenn Sie mich fragen!«

»Ja, das ist Interpretationssache. Und Sie mussten weiter die Mordkommission verstärken. Dabei hätten Sie so gerne ein Leben in Saus und Braus geführt.«

Fritzi Schuch fühlte sich ertappt. In den letzten Nächten hatte er von der Zeit mit Elvira, von Lukas Bärbeißer, dem bestialisch ermordeten jungen Mann und auch dem Selbstmörder Peter Keller geträumt. Er beneidete Edi insgeheim dafür, dass er sein Arbeitsleben hinter sich gebracht hatte und nun den faulen Pensionär mimte.

»Reden wir lieber über heute, hier und jetzt.«

»Dieser Mann!« Sie zeigte auf Eduard Kneiffer. »Dieser Mann war damit beschäftigt, den Toten zu beseitigen, als ich zufällig dazu stieß.«

»Wie hätte er das tun sollen? Ich meine ihn beseitigen?«

»Das können Sie sich doch denken, Sie Westentaschen-

Kriminalist!« Frau Larson wirkte enttäuscht. »Er wollte ihn hucke-pack nehmen, womöglich in irgendein offenes Grab werfen.«

»Sie erlauben mir, dass ich Ihnen das nicht glaube. Dieser Mann dort ist mein ehemaliger Chef. Chefinspektor Eduard Kneiffer. Ein Mann, der nie einen Mord begehen könnte!«

»Und halten Sie mal den Rand, Madame!«, mischte sich Eduard ein, der die letzten Worte von Fritzi Schuch vernommen hatte. »Vielleicht haben Sie den Mann ja um die Ecke gebracht, ausradiert, kurzum ermordet! Möglicherweise trugen Sie irgendeine andere Person zur Schau, um unauffällig zu sein.«

»Pah!« Sieglinde Larson spuckte vor Eduard Kneiffer aus. »Nehmen Sie sich ein Beispiel an Ihrem bezaubernden Ex-Kollegen, Herr Ex-Chefinspektor! Er hat mir in aller Ruhe die wichtigsten Fragen gestellt...«

»Wäre schön, wenn das stimmt«, lachte Eduard Kneiffer auf. »Fehlt nur noch, dass Sie den Fritzi für den Ritterorden vorschlagen.«

Belinda Winter wollte nicht an diesem Ort sein. Heute war einer dieser Tage, wo sie sich nach einem Eis sehnte. Doch noch gab es keinen Eissalon am Zentralfriedhof. Sie trat an Eduard Kneiffer heran, und tippte ihn an die Schulter.

»Hör mal, Eduard, du kannst nicht einfach Reißaus nehmen. Ein paar Dinge müssen noch geklärt werden.«

»Oha, lesen Sie dem Kerl nur die Leviten, er hat es verdient! Ein Mörder, der sich nicht offenbaren will. Pfui Teufel!« Sieglinde Larson spuckte ein weiteres Mal vor Eduard Kneiffer aus.

»Jetzt halt mal den Rand, du dämliche Pseudo-Schauspielerin!«, schrie Eduard auf, der nur ungern laut wurde.

Fritzi Schuch stellte sich mit der Verwandlungskünstlerin einige Meter weit weg.

«Also, Edi. Was sein muss, muss sein! Du bist jetzt Teil eines Falls, ob du willst oder nicht...« Belinda Winter schaute Eduard Kneiffer sanft in die Augen.

»Ich kannte den Kerl gut. Ein herzensguter Mensch, wurde nie ausfällig. Bei einem Bierchen hat er mir einiges erzählt von seiner Vergangenheit.«

»Ach, das klingt ja sehr interessant, mein Lieber. Was war denn mit seiner Vergangenheit?«

»Er war so etwas wie ein Enthüllungsjournalist. Was er genau gemacht hat, kann ich dir aber nicht sagen. Nur, dass er an einer Geschichte dran war, etwas ganz Erstaunlichem.«

Nachdem die Spurensicherung und die Gerichtsmedizin den Tatort verlassen hatten, blieben Eduard, Belinda und Fritzi zurück.

»Du fehlst uns sehr«, sagte Fritzi und es klang ehrlich. »Und es spricht sehr für dich, dass du uns nach längerer Zeit mal wieder einen Mordfall sozusagen servierst.«

»Glaube mir, Fritzi, das lag nicht in meiner Absicht! Ich wäre jetzt viel lieber schon zu Hause und würde mich mit was auch immer beschäftigen.«

»Ermitteln darfst du sowieso nicht, Edi, schließlich ist deine aktive Zeit vorbei.« Belinda zwinkerte ihrem Ex-Geliebten zu.

Eduard Kneiffer nickte nachdenklich wirkend.

Fritzi Schuch und Belinda Winter machten sich schließlich auf den Weg zur nunmehrigen Witwe von Alfred Hunter. Fritzi lenkte stumm den Dienstwagen, während Belinda ständig auf ihn einredete.

»Jetzt halt mal den Rand, Belinda! Es ist schön und gut, dass du dich um Edi sorgst, doch das macht wiederum mir Sorgen.«

Damit war der Redefluss von Belinda gestoppt. Sie sagte kein Wort mehr, bis Beatrix Hunter mit fröhlichem Gesichtsausdruck vor ihnen stand. Die Vorstellung, eine Welt könne für diese Frau zusammenbrechen, wenn sie erst wüsste, was geschehen war, verursachte Fritzi Schuch ein mulmiges Gefühl. Doch nicht zum ersten Mal täuschte er sich. Beatrix Hunter reagierte zunächst scheinbar gar nicht. Sie starrte die Kriminalisten wie Außerirdische an, die sie zu einer Reise zum Jupiter einladen wollten. Dann aber folgte mit Verzögerung eine Reaktion, mit der nicht zu rechnen gewesen war. Sie lachte. Zuerst leise, dann immer lauter, schließlich befürchtete Fritzi Schuch, sie könnte sich zu Tode lachen.

»Verzeihen Sie«, sagte Witwe Hunter, nachdem sie wieder halbwegs die Fassung erlangt hatte. »Es geziemt sich natürlich nicht, über den Mord an meinem Mann zu lachen, da läuten bei Ihnen mit Sicherheit die Alarmglocken. Ich habe ihn geliebt, diesen Gockel! Bis er mir aus den Fingern schlüpfte, nur mehr sein eigenes Leben führte…«

Belinda Winter hakte nach. »Hat er sich verändert?«

»Verändert?« Beatrix Hunter stemmte ihre Hände in die Hüften. »Er lebte in seiner eigenen Welt. Ich habe ihn davor gewarnt, ständig auf diesem Zentralfriedhof herumzuhängen. Ja, Sie können es mir ruhig glauben: Der Mann hat buchstäblich am Friedhof gelebt. War oft schon am frühen Vormittag dort und blieb bis kurz vor Betriebsende, wenn ich das so formulieren darf.«

Fritzi Schuch fühlte sich bei Beatrix Hunter an Elvira Bärbeißer erinnert. Ihr Sohn war ermordet worden und gemeinsam mit ihr hatte er seine literarischen Werke posthum veröffentlicht. In den ersten Monaten führte das zu einem Geldsegen. Dass sie ihn nicht in ihrem Testament bedachte war eine große Enttäuschung für ihn gewesen. Mit einem finanziellen Polster im Hintergrund hätte er endlich selbst an einem Kriminalroman schreiben können. Davon hatte er seit Jahren geträumt. Die Arbeit als Gruppeninspektor der Mordkommission war abwechslungsreich und spannend. Für einen ehemaligen Literaturwissenschafter, der nach einigen Rückschlägen auf der Straße gestanden war, gar keine so schlechte Option. Ein Leben als Autor zu führen war jedoch nach wie vor sein innigster Wunsch. Er lächelte Beatrix Hunter an.

»Trixi…«, murmelte er.

»Wie? Woher wissen Sie, dass er mich Trixi genannt hat? An guten Tagen sogar die wilde Trixi?«

Beatrix Hunter war wütend geworden, was nicht einmal Fritzi Schuch entging.

»Ich war in Gedanken… Überlegte gerade, wie es sein konnte, dass er so gar nichts mehr von Ihnen wissen wollte.«

»Sie verschweigen doch etwas?«

Ungern bekannte Fritzi Farbe. »Ein Ex-Kollege hat mir von Ihnen erzählt. Er war mal bei Ihnen zu Besuch, hat auch Alfreds Bruder kennen gelernt…«

»Stimmt, Eduard durfte mich Trixi nennen, aber das heißt noch lange nicht…«

Belinda Winter versuchte die Situation zu beruhigen. »Mein Kollege Schuch ist manchmal nicht ganz bei der Sache. Und soviel ich weiß mittlerweile 36 Stunden im Dienst.« Sie legte Fritzi ihre Hand auf die Schulter.

»Ich bin noch Herr meiner Sinne!«, sagte Fritzi nicht ohne ärgerlichem Unterton. »Außerdem geht es hier nicht um mich, sondern um den Mordfall Alfred Hunter. Wissen Sie, warum Ihr Mann so oft den Zentralfriedhof beehrte?«

Trixi, pardon, Beatrix Hunter schenkte sich ein Glas Sekt ein. Fritzi spekulierte damit, dass dies der Beruhigung ihrer Nerven diente.

»Wahrscheinlich hat es ihm dort gefallen. Ich meine, gehen Sie oft wo spazieren, wo Sie sich nur ungern aufhalten? Er muss diesen

Friedhof geliebt haben. Wenn er mit mir sprach, was selten genug der Fall war, ging es immer um den Zentralfriedhof. Welche wunderbaren Dinge es dort zu entdecken gibt und dass er jeden Quadratzentimeter des Areals kennen lernen wolle…«

»Hatte Ihr Mann Feinde?«, wechselte Belinda Winter ohne Vorankündigung das Thema.

»Sie beide sind ja ein wunderliches Pärchen, das muss ich schon sagen.« Beatrix Hunter lachte diesmal nur kurz auf. »Ob er Feinde hatte? Menschenjäger, die ihm auf dem Zentralfriedhof auflauerten und umbrachten?«

»Er soll Recherchen gemacht haben. War er deswegen so oft auf dem Friedhof?«

»Guter Mann, Sie lesen wohl keine Kriminalromane? Welche Recherchen soll er auf dem Friedhof gemacht haben, wenn er dort keinem Menschen begegnete? Oder hat er sich mit den Toten unterhalten, ihnen tiefste Geheimnisse entlockt?«

Fritzi Schuch und Belinda Winter befanden sich in einer Sackgasse, aus der es keinen Ausweg zu geben schien. Wenn da nicht Witwe Hunter plötzlich etwas eingefallen wäre.

»Nun ja, wie soll ich sagen… Es gab da etwas, das mit dem Friedhof nichts zu tun hatte. Er war in so einem Anti-Rassismus-Verein an vorderster Front. Hat Aufklärungsarbeit betrieben, mit Opfern von Rassismus gesprochen und sie auch beraten. Er war ein Freund der Menschen, das muss ich schon sagen. Hat sich eingesetzt gegen Ungerechtigkeiten. Zweimal in der Woche abends war er in der Vereinszentrale…«

Fritzi Schuch und Belinda Winter verabschiedeten sich wenig später. Möglicherweise hatten sie einen entscheidenden Hinweis bekommen. Es wunderte sie nicht, dass Eduard Kneiffer in ihrem Dienstzimmer auf sie gewartet hatte.

»Ich wollte euch nur noch sagen, dass ich sowohl mit Alfred

als auch seinem Bruder befreundet war. Beide ganz vorzügliche Menschen. Ich konnte ihnen alles sagen, ihnen meine Sorgen anvertrauen. Welche Recherchen Alfred trieb… Ich nehme an, dass euch Trixi diesbezüglich nicht weiterhelfen konnte?«

Belinda Winter setzte sich auf ihren Bürostuhl und atmete tief durch. »Sie machte auf Fritzi einen vorzüglichen Eindruck, oder?«

»Wie meinen?« Fritzi Schuch tat überrascht. »Nein, nicht dass du glaubst, Edi, ich würde schon wieder mit dem Gedanken spielen…«

»Das ist nicht auszuschließen, Fritzi! Die Frau hat gerade ihren Mann verloren!«

Fritzi Schuch sagte nichts mehr. Er wollte keine Gefühle aufkommen lassen, die sich irgendwann verselbständigten. Trixi war nicht Elvira, auch wenn es optisch gewisse Ähnlichkeiten gab. Er würde wieder von Elvira und einem besseren Leben träumen, zumindest redete er sich das vorsichtshalber ein.

Fünf

Lange hatte er darauf warten müssen. Sehr lange. Eine Zeit, die jetzt endlich vorbei war. Wendelin Wurm freute sich überschwänglich, dass er erste Befragungen durchführen durfte. Er überprüfte zum mindestens zwölften Mal, ob er seine Krawatte auch richtig gebunden hatte. Den Weg zum Anti-Rassismus-Verein musste er in Ermangelung eines Führerscheins mit der Straßenbahn zurücklegen. Kürzlich war er zum vierten Mal bei der Führerscheinprüfung durchgefallen. Kein Grund, traurig zu sein. Er wollte sich nicht mit Kleinigkeiten aufhalten, sondern das Leben genießen. Rückschläge gehören dazu. Doch der erste Auftritt als polizeilicher Ermittler fühlte sich schon wie ein Ritterschlag an, bevor er auch nur in der Nähe des Vereins war.

In der Straßenbahn befanden sich nur wenige Fahrgäste. Wendelin Wurm las Zeitung, versuchte seine Nervosität in den Griff zu bekommen. Er war in einen Artikel vertieft, als ihm auffiel, den Ausstieg bei der richtigen Station verpasst zu haben. Also musste er sich entschließen, wieder einige Stationen zurückzufahren. Vorsichtshalber las er seine Zeitung nicht weiter.

»Hallo, Wendelin!«, begrüßte ihn ein junger Mann mit viel zu kurzen Haaren.

»Ach, Martin, ich begrüße dich«, sagte er mit einem dicken Kloß im Hals. Neben ihm stand sein größter Feind aus Schulzeiten.

»Wohin des Weges?«

»Es ist beruflich«, sagte Wendelin kurz angebunden, da er bemerkte, dass die Straßenbahn bald die für ihn so wichtige Station erreichte.

»So wortkarg wie früher, was? So schnell kommst du mir nicht davon! Wie wäre es, wenn wir uns mal verabreden? Vielleicht mit unseren Frauen? Und über die Vergangenheit reden?«

Wendelin schüttelte den Kopf. »Keine gute Idee, Martin. Ich muss jetzt hier raus, habe mich schon verspätet.«

Doch Martin stellte sich Wendelin in den Weg.

»Lass mich raus, ich finde das nicht lustig!«

Martin, der Schrecken der Lehrer und Besitzer eines Fitnessstudios erreichte sein Ziel. Die Straßenbahn fuhr weiter, und in Wendelin staute sich Wut auf.

»Du weißt nicht, wen du vor dir hast! Ich arbeite jetzt bei der Polizei! Du hast genau genommen Ermittlungsarbeiten gestört, dafür könnte ich dich belangen. Doch ich will noch mal Gnade vor Recht ergehen lassen. Nun muss ich aber wirklich raus!«

Wendelin hatte das Glück, dass auch ein anderer Fahrgast mit ihm ausstieg. Martin ließ sich aber nicht abwimmeln, blieb Wendelin an den Fersen.

»Was willst du noch? Habe ich dir nicht deutlich gesagt, was ich zu tun habe? Hau endlich ab!«

Martin klopfte seinem ehemaligen Schulkameraden auf die Schulter. »Ich wohne gleich hier in der Nähe, nichts für ungut! Lass mal wieder was von dir hören!«

Wendelin Wurm war kurz vor dem Explodieren. Er verabschiedete sich nicht von diesem schrecklichen Kerl und ging die eine Station zu Fuß. Er blickte sich immer wieder um, ob Martin – den Nachnamen des Rabauken hatte er vergessen – nicht doch wieder auftauchte. Als er sich sicher war, ihn los zu sein, atmete er tief durch. Dieses Zusammentreffen kurz vor seiner ersten Befragung war nicht gerade ein gutes Vorzeichen. Er versicherte sich noch einmal, ob sein Krawattenknoten perfekt saß, ehe er in die Straße einbog, wo der Anti-Rassismus-Verein seine Zentrale hat.

Eine große Blondine saß hinter einem Schreibtisch. Die Räumlichkeiten des Vereins waren überschaubar. Außer der Dame konnte Wendelin keine weitere Person ausmachen.

»Suchen Sie wen? Oder besser noch: Kann ich Ihnen helfen?«

Die Blondine hatte eine überraschend tiefe Stimme.

»Ja, durchaus. Ich bin von der Polizei, besser gesagt von der Mordkommission. Meine Aufgabe ist es, Nachforschungen über Alfred Hunter zu betreiben.«

»Alfred? Da muss ich Sie leider enttäuschen. Er war schon länger nicht da. In den letzten Monaten muss er viel Zeit für was auch immer investiert haben.«

»Hm, ja, klar. Das ist es eben. Alfred Hunter wurde ermordet.«

Zunächst war die Dame ganz still, dann aber begann sie zu weinen. Wendelin Wurm stand hilflos daneben und wartete ab, bis die Frau in ein Schluchzen verfiel.

»Wie können Sie das einfach so sagen? Haben Sie kein Herz, Sie Unmensch! Alfred und ich waren mal ein Paar! Es ist gar nicht so lange her…«

»Ich dachte, Sie wüssten schon…«

»Was Sie sich alles einbilden. Sind wohl ein Praktikant und erst seit ein paar Tagen bei der Polizei, oder wie?«

»Ein bisschen länger schon, doch das mit dem Praktikanten stimmt, gnä Frau.«

»Das gnä Frau können Sie sich sparen! Seit Wochen warte ich schon auf einen Anruf von Alfred, weil ich nicht weiß, wie ich dran bin! Mit seiner Frau war schon lange nichts mehr gelaufen. Sie haben sich auseinander gelebt. Wir waren so ver… Aber warum erzähle ich das ausgerechnet Ihnen? Verschwinden Sie, woher Sie gekommen sind!«

Nicht gerade ein Glückstag für mich, dachte sich Wendelin Wurm. Aber er wollte nicht den Kürzeren ziehen, seine Befragung fortsetzen, falls sie überhaupt schon begonnen hatte.

»Ich bedaure es zutiefst, dass ich Sie mit meiner Nachricht so tief getroffen habe. Meinen Kollegen und mir geht es darum, diesen Mord so rasch wie möglich aufzuklären, das können Sie mir glauben! Jeder Hinweis kann hilfreich sein. Hat sich Herr Hunter in den letzten Wochen anders verhalten als sonst?«

»Sie sind ja ein komischer Vogel… Haben sich mir nicht mal vorgestellt. Mein Name ist übrigens Roswitha Simmel.«

»Ach so.« Wendelin Wurm zeigte Roswitha Simmel seinen Ausweis.

»Wendelin. Passt irgendwie zu Ihnen.« Frau Simmel lachte leise auf.

»Also?« Der Praktikant schaute der Blondine tief in ihre grünen Augen.

»Wollen Sie mit mir anbändeln, so wie Sie mich ansehen?«

Wendelin räusperte sich. »Hat sich Herr Hunter in den letzten Wochen anders verhalten als sonst?«

»Den Satz haben Sie gut auswendig gelernt, Sie können sofort Politiker werden! Nur müssen Sie schon auch aufpassen, was ich sage! Ich habe Alfred seit mehreren Wochen nicht gesehen. Er war an irgendeiner Sache dran. Schweigen, sonst nichts. Wenn das nicht zuviel verlangt ist, und Sie es mir präzise sagen können: Wann und wo wurde er denn ermordet?«

Wendelin Wurm überlegte. Er kam zu dem Schluss, dass es legitim war, Frau Simmel die Fakten nicht zu verschweigen.

»Der Mord war erst vorgestern. Herr Hunter wurde auf dem Zentralfriedhof aufgefunden.«

»Auf dem Zentralfriedhof? Ach, du meine Güte!« Roswitha Simmel stand von ihrem Sessel auf. Sie war noch größer, als Wendelin vermutet hatte. Überragte den Praktikanten um mindestens einen Kopf. Sie trug eine enganliegende Hose und flache Schuhe.

»Wissen Sie, was er auf dem Zentralfriedhof zu suchen hatte?«

»Ich habe seit einigen Wochen nichts von ihm gehört, verdammt noch mal!« Roswitha Simmel schaute mit grimmigem Gesichtsausdruck auf den Praktikanten hinunter.

»Ich sage Ihnen nur eines, Herr Wurm, und möglicherweise merken Sie es sich sogar, denn ich werde es nur einmal sagen: Alfred und ich waren früher öfters auf dem Zentralfriedhof unterwegs, sind dort spazieren gegangen. Er hat sich gerne die Grabsteine angesehen und – witzig, aber wahr – einer seiner besten Freunde war ein ehemaliger Chefinspektor.«

Der Praktikant nickte und wurde dann vom Läuten einer Glocke aus seinen Gedanken gerissen. Wenige Sekunden später erschien ein junger Mann auf der Bildfläche, der Roswitha Simmel küsste.

»Mein Mann«, stellte die Blondine Wendelin den Besucher vor.

»Ich begrüße Sie«. Der Praktikant streckte dem Mann die Hand entgegen, der sie sofort ergriff und herzhaft zudrückte.

»Angenehm. Simmel mein Name, Georg Simmel.«

»Im Grunde bin ich mit meiner Befragung schon fertig. Ich werde mich wieder auf den Weg machen.«

»Du musst wissen«, sagte Roswitha Simmel zu ihrem Mann. »Herr Wurm ist Praktikant bei der Mordkommission und es geht um Alfred.«

»Alfred ist also ermordet worden?«, folgerte Georg Simmel in Richtung von Wendelin.

»Ja, er ist ermordet worden. Sie kannten ihn auch?«

»Ist das so überraschend? Oder reden Sie nichts mit Ihren Kollegen?«

Eine Niederlage auf allen Linien. Wendelin Wurm wäre am liebsten im Boden versunken. Aber er wollte sich nicht total unterkriegen lassen.

»Darauf hätte ich kommen können, dass Sie auch für den Verein arbeiten. Verzeihen Sie, aber ich habe heute keinen besonders guten Tag.«

»Einmal ein ehrliches Wort von Ihnen, Herr Wurm«, sagte Frau Simmel und bot dem Praktikanten ein Glas Wasser an.

»Allerdings muss ich Sie enttäuschen«, murmelte Herr Simmel. »Wir waren keine Kollegen, sondern Freunde. Rosi und ich führen eine offene Ehe, wenn Sie verstehen, was ich meine.«

Wendelin Wurm wollte nur hinaus aus diesen Räumlichkeiten. Er hatte einiges erfahren, mit dem seine Kollegen etwas anfangen konnten. Alfred Hunter war kein Kind von Traurigkeit gewesen, auch wenn der Zentralfriedhof offensichtlich einer seiner Lieblingsplätze in Wien gewesen war. Er ließ das Glas Wasser unberührt stehen, und verabschiedete sich.

Der Praktikant kam eine Stunde später wieder in seinem Büro an. Von Fritzi Schuch und Belinda Winter war keine Spur. Er fragte sich, was die beiden den ganzen Tag machten. Schön und gut, dass sie Ermittlungen durchführten. Doch das war keine Hexerei, ging ganz schnell. Wenngleich... Er hätte nachhaken müssen, mehr in Erfahrung bringen. Die Blondine und ihr Mann hatten ihn nervös gemacht. Ach, und keine einzige Frage in Bezug auf den Anti-Rassismus-Verein selbst hatte er gestellt. Er war mit sich nicht wirklich zufrieden. Und dann rief auch noch Martin an. Keine Ahnung, wie der Kerl seine Telefonnummer eruieren konnte. Wollte sich mit ihm treffen, bot ihm eine Schnupperstunde in seinem Fitnessclub an. Wendelin lehnte das Angebot dankend ab, und bemerkte erst Minuten später, wie stark er schwitzte. Seine Vergangenheit hatte ihn eingeholt. Er war eine Angriffsfläche für seine Mitschüler gewesen. Das war schon viele Jahre her, änderte aber nichts an der gegenwärtigen Situation. Er musste sich seiner Vergangenheit stellen, diesen Grobian aus seinem Leben verbannen. Angeblich heilte die Zeit alle Wunden, doch seine waren nunmehr aufgerissen worden. Er schloss sich auf dem Klo ein und ließ dort seinen Tränen freien Lauf.

Der Zentralfriedhof zeigte sich in den Morgenstunden eines sonnigen Donnerstags im schönsten Licht. Nebelkrähen, Eichhörnchen und Feldhamster hauchten der Totenstätte Leben ein, aber nur ein einzelner Mann zog einsam seine Runden. Eduard Kneiffer bewegte sich auf seinen eigenen Grabstein zu, als er in unmittelbarer Nähe eine Frau erblickte, die ihn an Linda Wunderlich erinnerte. Er stand zunächst unschlüssig da, setzte sich dann aber in Bewegung und lief schließlich auf die Frau zu. Diese Frau und ich womöglich allein auf diesem riesigen Gelände, das kann nur ein Zeichen sein! Der ehemalige Chefinspektor brauchte mehrere Minuten, bis er nach Atem ringend vor einer zierlichen Frau stand, die noch kleiner als die selige Linda Wunderlich sein mochte. Sie trug Schuhe mit hohen Absätzen, und war dennoch fast zwei Köpfe kleiner als Eduard Kneiffer. Er wusste nicht, was er sagen sollte.

»Ja, bitte?«, fragte schließlich die zierliche Frau.

»Sie haben mich an wen erinnert, verzeihen Sie…«

Erst jetzt bemerkte Kneiffer das Büchlein, das die Frau in der Hand hielt.

»Oh, das passiert mir immer wieder…«

»Wie bitte?«

«Dass mich wer mit irgendwem verwechselt. Ist ein guter Anmachspruch.«

»Klar, insbesondere auf Friedhöfen.«

Die junge Frau lächelte.

»Was haben Sie da übrigens für ein Buch dabei?«

»Kann ich nur empfehlen. Natürlich nur, wenn Sie dem Zentralfriedhof etwas abgewinnen können.«

Sie überreichte Kneiffer das Büchlein. Es handelte sich um einen *Zentralfriedhofs-Führer*, geschrieben von Jürgen Heimlich. Er blätterte das Büchlein ein wenig durch.

»Sie können es gerne behalten. Ich habe daheim noch Exemplare. Einige Freundinnen und ich haben damit Erkundigungen auf dem Zentralfriedhof angestellt. Das Büchlein war sehr hilfreich.«

Eduard Kneiffer bedankte sich.

»Und wem habe ich dieses kostbare Geschenk zu verdanken?«

»Ich bin Lydia. Und Sie werden es nicht glauben, aber ich kenne den Autor dieses Büchleins.«

»Den Namen habe ich nie zuvor gehört.«

»Der Name ist aber originell, nicht wahr?«

Das musste Kneiffer zugeben. Er lud Lydia auf eine Jause in ein in unmittelbarer Nähe des Friedhofes befindliches Restaurant ein. Es ließ sich nicht vermeiden, dass er der Frau von Linda und deren traurigem Schicksal erzählte. Lydia ergriff die Hand des ehemaligen Chefinspektors.

»Mein Franz ist vor drei Jahren an Krebs gestorben. Seitdem besuche ich sein Grab fast an jedem Tag. Als Frühpensionistin habe ich viel Zeit, kann mich auch noch näher mit dem Zentralfriedhof beschäftigen.«

»Frühpensionistin? Sie sind ja noch so jung…«

»Täuschen Sie sich nicht! Ich habe auch schon die 50 hinter mir…«

»Und ich den 60. vor mir. Auch Frühpensionist!«

»Was haben Sie denn gearbeitet?«

»Ich war viele Jahre bei der Polizei, in den letzten 16 Jahren meiner Laufbahn Chefinspektor«, teilte Kneiffer nicht ohne Stolz mit.

»Chefinspektor, tatsächlich? Das ist ja mal was. Und wissen Sie was: Dieser Jürgen Heimlich, also der Autor des *Zentralfriedhofs-Führer*, soll auch schon Krimis geschrieben haben.«

«Nun ja, Krimis… Die entbehren doch jeglicher Realität. Ich meine, stellen Sie sich vor, ich wäre eine Figur in einem Kriminalroman, nicht auszudenken. Andererseits…«

»Ich liebe Krimis«, sagte Lydia. »Und Romane sind ja so und so nur bedingt realistisch…«

»Da haben Sie auch wieder recht. Wahrscheinlich ist es sogar gut, dass sie gar nicht darauf aus sind, die Realität abzubilden. Ich meine, wer würde schließlich ein total realistisches Szenario lesen wollen? Nicht mal Autobiographien müssen der Wahrheit entsprechen…«

»Wie wahr, wie wahr«, flüsterte Lydia geheimnisvoll mit einem Schmunzeln.

»Wir sollten uns wieder sehen, liebe Lydia«, sagte Kneiffer zum Abschied.

»Ja, eine nette Idee. Aber erwarten Sie sich nicht zuviel. Ich bin keine lustige Witwe«, sagte Lydia mit erhobenem Zeigefinger und verließ das Lokal. Eduard Kneiffer blieb noch ein Weilchen sitzen und las das erste Kapitel des *Zentralfriedhofs-Führer*.

Ihm ließ dieser Autor keine Ruhe, von dem er noch nie gehört hatte. Wie viele Autoren gab es eigentlich weltweit? Es mussten Millionen sein bei der Anzahl von veröffentlichten Büchern. Nur wenige dieser Autoren konnten vom Schreiben leben, noch weniger hatten großartigen Erfolg. Aber ein Autor, der über den Zentralfriedhof und die Möglichkeit individueller Entdeckungsreisen schrieb… Das war ungewöhnlich, machte ihn neugierig. Daheim vor dem Computer sitzend stieg er in das Internet ein und recherchierte nach dem Namen. Er fand zahlreiche Links zu einem Kameramann, jedoch ebenso einige zu einem Autor gleichen Namens. Nachdem er einige Links angeklickt hatte, suchte er im digitalen Telefonbuch nach dessen Nummer. Er rechnete insgeheim mit einer Geheimnummer, doch zu seiner positiven Überraschung gab es einen Eintrag, der ihn dazu veranlasste, sofort bei dem Autor anzurufen. Mailbox, natürlich! Was war bei einem Autor auch anderes zu erwarten! Eduard Kneiffer versuchte es eine halbe Stunde später nochmals. Gleiches Ergebnis! Wer weiß, ob die Nummer überhaupt stimmte…

Zwei Stunden später klingelte das Handy des ehemaligen Chefinspektors.

»Sie haben mich vorher angerufen. Darf ich erfahren, wer Sie sind? Die Telefonnummer ist mir unbekannt…«

Eduard Kneiffer schaute sicherheitshalber auf das Display seines Mobiltelefons. Oh ja, das musste der Autor sein.

»Es freut mich sehr, dass Sie zurückrufen, Herr Heimlich! Sie sind doch Herr Heimlich, oder? Der Autor des *Zentralfriedhofs-Führer*?«

»Ja, der bin ich. Und mich hat noch nie ein Mensch wegen des Büchleins angerufen. Wollen Sie etwas wissen?«

»Nichts Konkretes«, sagte Kneiffer, der von der jugendlich klingenden Stimme des Autors überrascht war. »Eine Dame hat mir erzählt, dass Sie auch Kriminalgeschichten schreiben, und… Nun ja, ich war mal Chefinspektor.«

»Du meine Güte!« Jürgen Heimlich blieb nach diesem Ausruf einige Sekunden stumm.

»Hallo?«

»Sie müssen verzeihen, ein echter Chefinspektor, aus Fleisch und Blut...«

»Ja, so ist es wohl. Nicht böse sein, wenn ich Sie das frage: Hätten Sie Lust, sich mit mir zu treffen, Herr Heimlich? Ich würde gerne mit Ihnen plaudern. Über das Schreiben von Kriminalromanen. Möglicherweise können Sie mit Tipps geben. Sie müssen wissen, dass ich jetzt seit einiger Zeit Pensionist bin und keine großartigen Hobbys habe. Einen Kriminalroman zu schreiben, das wäre schon was...«

Zu Kneiffers – wiederum positiver – Überraschung nahm der Autor das Angebot an.

»Nicht, dass ich glaube, ich könnte Sie großartig unterstützen, was das Schreiben eines Krimis betrifft. Sie haben mich neugierig gemacht, das muss ich offen und ehrlich zugeben. Ein Chefinspektor ist ja keine papierene Figur, wenn Sie verstehen, was ich meine.«

Sie machten sich einen Termin für nächste Woche aus. Eduard Kneiffer war perplex. So schnell hatte er nie zuvor den Entschluss gefasst, mit einem Autor in Kontakt zu treten. Er wusste auch nicht, welcher wilde Teufel ihn diesbezüglich geritten hatte. Aber wie oft ergab sich schon die Gelegenheit, einen Menschen kennen zu lernen, der in einer völlig anderen Welt lebte? Für ihn war es selbstverständlich gewesen, Ermittlungen durchzuführen, Fakten zusammen zu tragen, Verdächtige einzuvernehmen, Mörder zu überführen. Er war Teil eines riesigen Apparates gewesen, den er durchaus vermisste. Verrückt genug, was sein Sohn vorhatte. In die Fußstapfen des Vaters zu treten, einen gut dotierten Job einfach aufgeben. Eduard Kneiffer lächelte, als er an seinen Sohn dachte. Jeder Mensch hat einen Traum, den er zu erfüllen trachtet. Wer konnte schon sagen, ob dieser Traum letztlich dem inneren Gefühl nicht widerspricht? Niemand ging falsche Wege, sondern traf Entscheidungen, die im Nachhinein betrachtet manchmal schwerwiegende Konsequenzen nach sich zogen. Konsequenzen, die das ganze Leben bereichern oder zerstören konnten. An diesem Abend schlief Kneiffer nicht besonders gut und glaubte morgens, dass er nicht eine Sekunde geträumt hatte.

Wendelin Wurm fühlte sich gar nicht gut. Er hielt den Kopf gesenkt, war den Tränen nahe.

»Beim nächsten Mal wirst du besser vorbereitet sein. Schau mal, ich war ebenso wie du mal Praktikant, habe mich anfangs manchmal dumm angestellt. Du hast eine goldene Zukunft vor dir, glaube mir! Nur gilt es, aus deinen Fehlern zu lernen.«

Fritzi Schuch las Wendelin ein wenig die Leviten. Er beherrschte sich einigermaßen, denn insgeheim war er entsetzt über die total misslungene erste Befragung des Praktikanten. Belinda Winter sagte währenddessen kein Wort. Erst nach der Zurechtweisung wandte sie sich an Fritzi.

»Wir sollten Wendelin nicht überfordern. Er ist ja erst ganz kurz dabei.»

»Ach was! Fast ein halbes Jahr haben wir ihn schon im Nacken, da kann, mehr noch muss er uns unterstützen. Seit Edi weg ist, bleibt ja alles an uns hängen. Wir sind ein Duo mit Anhang. Die Anderen arbeiten uns mehr oder weniger zu, doch das sind Kleinigkeiten. Du musst bedenken, dass wir einen Mordfall aufzuklären haben, der höchste Ansprüche an uns stellt.«

»Soviel ich weiß, bin ich die Chefin«, sagte Belinda Winter selbstbewusst. »Wir haben gute erste Ergebnisse erzielt. Von heute auf morgen wurde noch selten ein Mord aufgeklärt, außer es kam zu einem superschnellen Geständnis. In nächster Zeit wird uns nicht langweilig werden. Ich fände es gut, wenn Wendelin morgen dabei ist.«

Fritzi Schuch nickte. Er holte sich eine Tasse Kaffee. Neben dem Automaten stand Wendelin Wurm. Er vermied den Blickkontakt mit Fritzi.

»Ist schon gut, Wendelin. Belinda und ich nehmen dich morgen mit. Du sollst nicht im Innendienst versauern. Ich hoffe, dass du dir Notizen gemacht hast?«

Wendelin blieb stumm wie ein Fisch, schüttelte nur den Kopf.

»Nun ja, auch egal. Wir werden andere Saiten aufziehen. Nicht bei dir, aber die Befragung betreffend.«

Fritzi Schuch knurrte der Magen. Zeit für die Mittagspause. Er freute sich schon auf ein Kotelett mit Letscho.

Sechs

Abwechslung musste manchmal sein. Eduard Kneiffer hatte jedenfalls nichts dagegen. Er freute sich darauf, Ferdinand Hunter zu besuchen. Der Weg zu dem abgelegenen Bauernhof war weit, aber so konnte er wenigstens nachdenken. Die Zeit unmittelbar nach seiner Pensionierung war sehr hart gewesen. Er wusste nicht, wie er jeden verdammten Tag schadlos überstehen konnte. Die Ermittlungsarbeit fehlte ihm. Noch viel mehr fehlte ihm Linda. Ihr Selbstmord lag schon viele Jahre zurück, doch für ihn lebte sie immer noch. Der Besuch ihres Grabes war fest in seinen Wochenrhythmus eingeplant. Der Zentralfriedhof... Dass er auf seine alten Tage dieses Areal schätzen würde, hätte er nie und nimmer gedacht. Und in wenigen Tagen würde er den Autor des Büchleins kennen lernen. Vielleicht war er zu Höherem berufen. Und wer sollte einen Kriminalroman besser schreiben können als ein langjähriger Chefinspektor? Jeder Idiot schrieb heutzutage irgendwelche Bücher, warum nicht auch er?

Der Bauernhof vermittelte einen friedlichen Eindruck. Einige Menschen standen bei einem Traktor und rauchten. Die Tür zum Bauernhaus war offen. Kneiffer brauchte also nicht anzuklopfen. Ferdinand Hunter saß bei einem Glas Wein in der Bauernstube. Er begrüßte Kneiffer mit einem kräftigen Händedruck.

»Danke, dass du mich nicht abgewiesen hast. Ich kann mir vorstellen, dass das alles nicht einfach für dich ist.«

»Ist schon in Ordnung, Eduard! Wir wissen beide, wie verbissen Alfred gelebt hat. Wenn du mich fragst, ist seine Ermordung für mich keine Weltsensation.«

»Aha.« Auf diese Worte wusste Eduard Kneiffer keine Antwort zu geben. Stattdessen holte Ferdinand eine Flasche Schnaps aus einem Bauernschrank. In den nächsten Stunden verbrachten Ferdinand und Eduard eine angenehme Zeit miteinander. Die meiste

Zeit war Ferdinand am Wort. Er erzählte von Dingen, die Kneiffer nur bedingt verstand. Der Bauernhof selbst war ganz auf dem Mist von Ferdinand gewachsen. Nachdem er als Politiker, der für ein bedingungsloses Grundeinkommen eingetreten war, Schiffbruch erlitt, beschloss er, etwas für Menschen zu tun, die nicht weiter wussten. Sein Bauernhof ermöglichte gewillten Menschen, anzupacken und zu tun, was zu tun war. Dafür gab es kein Geld, aber Kost und Logis. Einige Männer waren von Anfang an dabei. Sieben Monate ohne einen einzigen Cent konnte sich Kneiffer nicht vorstellen. So extrem war es im Endeffekt auch nicht. Denn die Mitarbeiter wurden am Gewinn, den der Bauernhof abwarf, beteiligt. Viel Geld war nicht zu erwarten. Mal 50, mal 100 Euro im Monat. Die Menschen lebten fast spartanisch, waren aber rundum zufrieden. Davon konnte sich Kneiffer überzeugen, als er sich von Ferdinand verabschiedet und torkelnd den Weg zu seinem Auto gesucht hatte. Sofort war ein Mann um die 40 zur Stelle, der ihm den Autoschlüssel aus der Hand riss.

»In diesem Zustand können Sie unmöglich fahren!«

Kneiffer wollte etwas sagen, wurde jedoch von seiner Übelkeit übermannt.

»Sie haben ganz schön gebechert. Der Ferdinand verträgt viel, sehr viel. Aber er macht uns alle glücklich. Wir führen ein wunderbares Leben hier. Wenn Sie mögen, können Sie sich uns ja anschließen.«

Am nächsten Morgen wusste Eduard Kneiffer nicht, wie er in das frisch gemachte Bett gelangt war. Er wurde von einem Klopfen geweckt. Ferdinand brachte ihm das Frühstück und stellte es auf ein kleines Tischchen.

»Frank kommt aus Deutschland. Er war dort ein ganz berühmter Musiker. Hat sich entschlossen, sein Leben zu ändern, und ist am richtigen Platz gelandet.« Ferdinand lächelte und wollte sich wieder aus dem Zimmer entfernen.

»Wer könnte einen Grund gehabt haben, deinen Bruder umzubringen?«

Diese Frage schien Ferdinand Hunter zu treffen. Es dauerte ein wenig, bis er antwortete.

»Ach ja, ich habe ganz vergessen, dass du Chefinspektor bist...«

»Nicht mehr, aber so ganz aus meiner alten Haut kann ich auch nicht...«

»Alfred war ein herzensguter Mensch. Ein wenig schrullig sind wir ja alle, so auch er. Hat als Journalist die Welt aus den Angeln heben wollen. Was er konkret vor hatte weiß ich nicht, das kannst du mir glauben. Er ist den Mächtigen ganz schön auf den Schlips getreten, für die Ohnmächtigen eingetreten. Den Kauf des Bauernhofes hat er mitfinanziert, hie und da auch Vorträge gehalten. Du musst wissen, dass er viele Talente hatte. Aber ihn umbringen? Diese Vorstellung ist so etwas von abwegig...«

»Und doch hat es wer getan.«

»Das lässt sich nicht abstreiten. Ist eigentlich schon bekannt, wie er zu Tode kam?«

»Daraus machen meine Kollegen ein Geheimnis. Von außen hin konnte ich keine Todesursache vermuten. Keine Würgemale am Hals, kein Einschuss, kein Schaum vor dem Mund. Er saß friedlich auf der Bank und machte den Eindruck eines Schläfers.«

»Aber die Gerichtsmedizin muss doch Bescheid wissen.«

Eduard Kneiffer schaute auf die Uhr, als wäre dort das Obduktionsergebnis eingraviert.

»Möglicherweise gibt es bereits ein Resultat. Ich weiß nur nicht, ob mich das meine ehemaligen Kollegen wissen lassen. Bin ja nicht mehr dabei, habe den Toten bloß entdeckt.«

»Grund genug, dich einzuweihen, wenn du mich fragst...«

Kneiffer nickte. Er stand aus dem Bett auf, und zog sich seine Sachen an.

»Solltest ein wenig Sport betreiben, Eduard. Dein Bäuchlein ist nicht zu verachten.«

Nur eine Stunde nach dem Frühstück wurde Kneiffer auch schon zum Mittagessen eingeladen. Die ganze Belegschaft war um den Tisch versammelt. Insgesamt sieben Männer und drei Frauen. Die zwölf Apostel, dachte Eduard Kneiffer, obzwar kein Gebet gesprochen wurde. Eine der Frauen saß direkt neben ihm. Keine 20 Jahre jung, mit großen, blauen Augen.

»Ich liebe Sie!«, sagte sie an Kneiffer gewandt und hauchte ihm einen Kuss auf die Wange.

»Das ist Valerie, unser Nesthäkchen. Sie arbeitet besonders hart. Wir lieben sie alle, und sie liebt uns.« Kneiffer wusste nicht, wie er diese Aussage interpretieren sollte.

»Sie hat ein schlichtes Gemüt, ist allerdings sehr freizügig, wenn Sie verstehen, was ich meine«, flüsterte Frank dem ehemaligen Chefinspektor ins Ohr. »Also, wenn Sie mal…«

»Ich werde nach dem Essen gehen«, schnitt Eduard Kneiffer dem EU-Bürger deutscher Herkunft das Wort ab. »Habe schon genug gesehen.«

Und er ließ diesen Worten Taten folgen. Ferdinand Hunter klopfte ihm zum Abschied auf die Schulter.

»Du bist hier immer herzlich willkommen, Eduard! Der Bauernhof freut sich über jede noch so kleine Hilfe.«

Kneiffer stieg in sein Auto, ohne sich von Ferdinand zu verabschieden.

Roswitha Simmel war sichtlich nervös. Sie rauchte eine Zigarette nach der anderen und konnte nicht still sitzen. Fritzi Schuch musterte sie genau.

»Was ist jetzt?«, fragte er sie den bad cop markierend. »Es wird doch nicht so schwer sein, diese Frage zu beantworten?«

Die große Blondine brach unvermutet in Tränen aus. »Ich habe dieses Arschloch geliebt, verstehen Sie! Alfred war alles andere als ein Charmeur, hat mich oft wie Dreck behandelt.«

»Wir Frauen sind so was von arm...«, sagte Belinda Winter mit weinerlicher Stimme.

»Jetzt mal ganz im Ernst. Sie glauben nicht wirklich, dass wir Ihnen das abkaufen, oder?«

Wendelin Wurm hatte noch kein Wort gesagt, machte sich ständig Notizen.

»Ihr Kollege macht mich nervös.«

»Er lernt ständig dazu. Wir wären nicht verwundert, wenn er den Fall löst.«

»Klar, und Schweine legen Eier...«

»Mal im Klartext, Frau Simmel. Da waren wohl persönliche Gründe im Spiel, dass Alfred Hunter hier nicht mehr aufgetaucht ist! Er hat ja nicht von heute auf morgen seine soziale Ader bei der Garderobe abgegeben!«

»Bei welcher Garderobe?« Die Chefinspektorin schmunzelte.

»Ja, also gut. Ich war der Grund, warum er nicht mehr gekommen ist. Sind Sie jetzt zufrieden?«

»Nicht ganz. Wir fragen uns, ob das der Hintergrund für den Mord gewesen ist. Diese Änderung Ihrer Einstellung. Erst die Arbeit, dann das Vergnügen, aber nicht gleichzeitig.«

»Dieser Mann, den ich nie zuvor gesehen habe, hat uns erwischt. Wir waren... Nun ja, es war ziemlich heftig...«

»Können Sie uns den Mann beschreiben?«

Roswitha Simmel schüttelte den Kopf. »Ich habe ihn nur von hinten gesehen. Weiß nur, dass er sehr groß ist. Ist schnell abgezogen. Nur irgendwie hatte ich das Gefühl…«

»… dass Alfred ihn kannte?« Wendelin Wurm machte Fortschritte.

»Ja, genau das«, sagte sie mit tränenerstickter Stimme. »Wer auch immer das war, er war kein Freund von Alfred.«

Die Befragung dauerte schon über eine Stunde. Zeit, endlich den Anti-Rassismus-Verein selbst unter die Lupe zu nehmen. Roswitha Simmel sprach von einem Moment zum anderen mit veränderter Stimmlage. Enthusiasmus war heraus zu hören.

»Wir helfen Menschen, die Opfer von Rassismus sind. Geben ihnen das Gefühl, nicht unerwünscht zu sein. Begleiten sie auf Amtswegen, erteilen ihnen Deutschunterricht, machen Sie sozusagen gesellschaftsfähig.«

»Solche Vereine gibt es in Wien – glaube ich – einige«, sagte Wendelin Wurm, der endgültig aus dem Dornröschen-Schlaf erwacht schien.

»Ja, einige. Aber so lange der Rassismus in Österreich so eklatante Auswirkungen hat, kann es gar nicht genug Vereine geben, die sich für Menschen einsetzen, denen der Status der Fremdartigkeit in welcher Weise auch immer zu schaffen macht.«

»Fremdartigkeit… A propos: Wo sind denn die ganzen Unterlagen? Ihr Büro macht nicht den Eindruck, als ob hier gearbeitet wird.« Diesmal war es Fritzi Schuch, der einem Eindruck auf die Schliche kommen wollte.

»Ich gebe mich geschlagen, Sie haben mich durchschaut. Nehmen Sie mich fest.« Roswitha Simmel verschränkte ihre Hände in Erwartung der Handschellen. Fritzi Schuch starrte auf ihre Schuhe, die sehr hohe Absätze hatten.

»Wir sind nicht zum Spaß hier«, sagte der Gruppeninspektor

und stellte sich ganz nahe vor Roswitha Simmel. »Was treiben Sie hier eigentlich, Frau Simmel? Was soll das für ein Verein sein? Ich habe, und das muss ich betonen, nie etwas von seiner Existenz gewusst.«

»Wir sind nur ein kleiner Verein, aber nicht unsichtbar. Wie jeder Verein brauchen wir Geld, um unsere Vorhaben umsetzen zu können. Nun ja, wir sind auf Spendengelder angewiesen und die sind letztes Jahr nicht reichlich geflossen. Wir werden dicht machen müssen, wenn Sie das freut, Herr Gruppeninspektor!«

»Malen Sie nicht den Teufel an die Wand«, meldete sich Belinda Winter. »Immerhin hat der Verein einen Fußballverein gesponsert.«

»Mit Betonung auf HAT! Das ist nämlich vorbei wie überhaupt bald alles vorbei ist.« Roswitha Simmel setzte sich auf ihren Schreibtisch und präsentierte ihre langen Beine.

»Wir kommen sicher wieder«, sagten Fritzi und Belinda zum Abschied einträchtig.

»Unser Geschenk wird ihn umhauen«, frohlockte Fritzi Schuch in einem Lokal seiner Wahl. Der Praktikant wollte nicht zu tief ins Glas schauen.

»Finden Sie das wirklich gut?«

»Sehr gut sogar!« Der Gruppeninspektor glaubte, einige wichtige Dinge im Fall Hunter miteinander kombinieren zu können. Frau Simmel war allemal keine Frau, die so mir nichts dir nichts eine Liebschaft aufgibt. Und dieser geheimnisvolle Mann, den sie nur von hinten gesehen hat! Er war davon überzeugt, dass sie ihn erkannt hatte! Die Frage war nur, ob dieses kleine Puzzle groß genug war, um perfekt in das große Puzzle eines Mordfalls eingeordnet zu werden. Gemeinsam mit Edi würde alles schneller vorwärts gehen. Andererseits konnte er nicht ausschließen, dass sein

Ex-Chef sein eigenes Süppchen kochte. Immerhin war er es ja gewesen, der das Mordopfer entdeckte.

»Und du, Wendelin, wirst das Geschenk übergeben.«

Sieben

Wendelin Wurm war auf dem besten Weg, ein guter Polizist zu werden. Zumindest glaubte er daran. Seinen freien Tag verbrachte er im Prater, fuhr sogar nach ewigen Zeiten wieder mit einer Hochschaubahn und kaufte sich zwei Kartoffelpuffer im Schweizerhaus. In der Hauptallee machte er es sich auf einer Bank gemütlich und schaute einer Mutter zu, die gemeinsam mit ihren zwei Töchtern Enten fütterte. Da klingelte sein Handy. Er kannte die Nummer nicht, meldete sich vorsichtshalber nicht mit seinem Namen. Sein Herz begann schneller zu schlagen, als er die Stimme von Martin erkannte.

»Ich weiß, wo du bist, und ich werde dich nicht in Ruhe lassen, bis du zugibst, dass du mir meine Schulzeit zur Hölle gemacht hast.«

Wendelin stutzte. Es war doch umgekehrt gewesen! Was sollte dieses Gerede?

»Unser zufälliges Zusammentreffen war ein Wink des Schicksals. Ich will nur Genugtuung, sonst nichts.«

Mit diesem Gespräch war es mit der inneren Ruhe von Wendelin Wurm vorbei. Er glaubte jeden Moment, Martin würde auftauchen und ihm etwas antun wollen. Eine Stunde passierte nichts, bis eine Bildnachricht auf seinem Mobiltelefon eintrudelte. Das Foto zeigte ihn selbst auf der Bank in der Hauptallee sitzen. Keine fünf Minuten später spürte er einen Schlag auf den Rücken. Wendelin drehte sich um und sah Martin hämisch grinsen. Der ehemalige Schulkollege hatte ein zerfleddertes Heft in der Hand.

»Damit hast du mir damals das Genick gebrochen. Du hast der Deutsch-Lehrerin gesagt, dass ich deine Hausübungen zerrissen habe. Einige angeblich ausgezeichnete Aufsätze sollen das gewesen sein. Das hättest du mit mir ausmachen müssen. Du hast mich zum

Schandfleck der Klasse gemacht! Ich war der Bursche, der nichts auf die Reihe kriegte. Immer war ich die Niete, hatte nichts bei den Mädels zu bestellen. Und dumm wie Stroh soll ich auch gewesen sein. Ich habe dich gehasst für deine Selbstherrlichkeit.«

Wendelin Wurm schüttelte nur den Kopf.

»Du tust so, als wären deine ganzen Anschläge auf mich nur eine selbstverständliche Reaktion gewesen. Dabei hast du mich schon davor drangsaliert. Klar, ich habe es dir damit ein bisschen heimgezahlt. Du hast mir nach dem Unterricht aufgelauert, meine Schulsachen in den Mistkübel geworfen, mich verprügelt, meine einzige Freundin, die ich damals hatte, als Hure bezeichnet! Glaubst du ernsthaft, ich würde es bereuen, dass ich der Lehrerin die Wahrheit gesagt habe? Du wolltest dich immer mit fremden Federn schmücken, hast abgeschrieben, geschummelt, was das Zeug hielt. Bis jetzt weiß ich nicht, wie du überhaupt die Matura bestehen konntest…«

»Papperlapapp!« Martin versetzte Wendelin einen Faustschlag in die Magengegend, sodass der Praktikant zu Boden ging. Er zerrte ihn dann hinter ein Gebüsch, schlug ihm mit der Faust ins Gesicht. Wendelin Wurm zog plötzlich ein Messer aus seiner Jackentasche.

»Damit fühlst du dich stark, wie, du Wurm!« Nun brachen bei Wendelin alle Dämme. Er dachte nicht nach, stach zu. Sein Kontrahent machte einen ungläubigen Gesichtsausdruck. »Du wagst es…« Da setzte Wendelin Wurm nach, stach ein zweites und drittes Mal zu. In unmittelbarer Nähe spielten ein paar Männer Tischtennis, bekamen von dem Kampf jedoch nichts mit. Martin sank zu Boden. Er wollte noch etwas sagen, blieb aber stumm. Wendelin war sich sicher, einen Menschen in Notwehr getötet zu haben. Er wollte sofort seine Kollegen anrufen, ließ es dann aber bleiben. Wer würde ihm das glauben? Seine Vergangenheit käme ans Licht. Er, der Praktikant Wurm, als Waschlappen! Die Frage war jetzt nur, was er mit der Leiche machen sollte. Es war unmöglich, sie von hier gleich fortzuschaffen. Also wartete er ab. Am späten Abend war die Gegend rund um den Ententeich menschenleer. Er sah den günstigen Moment gekommen und schleifte Martin aus dem Gebüsch. Dann war er selbst darüber verwundert, dass er den keineswegs leichtgewichtigen Mann einige hundert Meter bis in ein abgelegenes Waldstück tragen konnte. Dort legte er ihn hinter einem Baum ab, bedeckte den Körper mit einigen herumliegenden Ästen. Mehr konnte er nicht tun. Die Tatwaffe warf er auf dem Heimweg in einen Mistkübel.

Eduard Kneiffer konnte es nicht glauben, einem Autor gegenüber zu sitzen. Sie befanden sich im *Park der Ruhe und Kraft*, einem besonderen Areal auf dem Zentralfriedhof. Den Treffpunkt hatte Jürgen Heimlich vorgeschlagen.

»Also, ich freue mich überschwänglich, mit Ihnen Bekanntschaft zu schließen«, sagte Kneiffer mit einem Lächeln auf den Lippen. »Sie sind Krimiautor und auch noch ein Kenner des Zentralfriedhofes...«

»Krimiautor ist übertrieben«, sagte Jürgen Heimlich und Kneiffer fiel bald auf, dass der Autor die Kunst des Schnellsprechens beherrschte. »Ich versuche mich daran, etwas Krimiähnliches zu schreiben. Für Sie als Mann, für den das Aufklären von Verbrechen Realität ist, kann ein Krimiautor oder was auch immer ich sein mag, kein Vorbild sein. Schließlich müssen Sie bedenken, dass ich keinen einzigen Tag Polizist gewesen bin. Ich kenne Mordfälle nur aus den Zeitungen und aus Filmen. Und natürlich sind mir einige Kriminalromane von Kollegen bekannt. Es ist mir eine Ehre, mit Ihnen hier zu sitzen!«

Kneiffer dachte einen Moment nach, um dann einen Gedanken drauf zu setzen.

»Wahrscheinlich gibt es viele Autoren, deren Werke unterschätzt werden. Ihr *Zentralfriedhofs-Führer* ist schon ein interessantes Ding. Etwa der Abschnitt über den Bereich, in dem wir jetzt sitzen. Ich kenne Ihre Krimis nicht, aber das wird sich sicher bald ändern. Und auch wenn Sie glauben, kein großartiger Autor zu sein, können Sie mir vielleicht dabei helfen, selbst einen Krimi zu schreiben. Gerade, wo ich weiß, wie der Hase läuft, wenn Sie verstehen, was ich meine.«

»Ich verstehe Sie gut«, sagte der Autor anerkennend. »Sie waren jahrelang in einer Welt unterwegs, die mir unbekannt ist. Ich habe mir diese Welt buchstäblich zusammengereimt. Wobei bislang nur Kurzkrimis entstanden sind. Mörder, Mordopfer, ein paar Ermittler, mehrere Motive von Verdächtigen, ein Gerichtsmediziner, ein Staatsanwalt, eine kleine Liebesgeschichte…«

Eduard Kneiffer genehmigte sich einen Schluck aus einer Mineralwasserflasche.

»Mein eigenes Leben war trotz meines Berufes immer so gleichförmig, bis ich die Liebe meines Lebens kennen gelernt habe…«

»Das wäre schon ein Ansatzpunkt!«

Fünf Minuten später brachen die beiden Männer auf und machten sich auf den Weg zum Grab von Linda Wunderlich.

Jürgen Heimlich fiel schnell der Grabstein auf, den Kneiffer für sich selbst reserviert hatte.

»Muss ziemlich abgefahren auf Sie wirken, doch ich will in unmittelbarer Nähe von Linda meine ewige Ruhe finden…«

»Ich will Ihnen gerne ein wenig helfen, was Ihren möglichen Roman betrifft. Wenngleich ich nicht mal beurteilen kann, ob ich zum Krimiautor tauge. Das müssen ja die Leserinnen und Leser beurteilen.«

Der ehemalige Chefinspektor und der Autor standen einige Minuten vor dem Grab von Linda Wunderlich. Danach setzten sie sich auf eine Bank.

»Hier habe ich den Toten gefunden«, sagte Kneiffer im Flüsterton. »Es ist immer noch nicht klar, woran er gestorben ist. Er machte den Eindruck eines Schläfers. Ich habe ihn gut gekannt. Er war wie Sie und ich ein Freund des Zentralfriedhofes, hat sehr viel Zeit auf dem Areal verbracht. Kürzlich war ich bei seinem Bruder, einem etwas merkwürdigen Menschen… Irgendwie habe ich Lust, diesen Fall aufklären zu helfen, meinen Ex-Kollegen beizustehen. Aber ich weiß, dass mir insgeheim die Hände gebunden sind. Auf eigene Faust zu ermitteln kann verhängnisvolle Auswirkungen haben.«

»Es wäre eine Idee, aus dieser Geschichte einen Fall abzuleiten, der eine fiktionale Komponente hat. Also so zu tun, als wären Sie der Ermittler, ohne effektiv einzugreifen. Da ist Ihre Fantasie gefordert. Freilich müssten Sie den Ort der Tat, die Auffindungssituation und so weiter abändern. Aber ein Mord auf dem Zentralfriedhof wäre wahrscheinlich etwas ganz Neues. Steht überhaupt fest, dass der Mord hier verübt worden ist?«

Kneiffer atmete tief durch. «Wie ich Ihnen zuvor gesagt habe: Ich weiß nur bedingt Bescheid. Und dass mir meine Ex-Kollegen nur einen Bruchteil von dem erzählen, was für den Fall relevant ist, scheint mir logisch zu sein. Sonst wären wir ja alle in des Teufels Küche…«

»Verstehe…« Jürgen Heimlich stand auf. »Wollen wir noch ein paar Schritte gehen? Ich würde Ihnen gerne die Gruppe 40 zeigen!«

»Gerne, sehr gerne! Da war ich noch nie. Sie erwähnen diese Gruppe ja auch in Ihrem Büchlein…«

Kneiffer stand im Bereich der Gruppe 40, wo den Widerstandskämpfern gedacht werden kann. Er machte ein Kreuzzeichen vor einem Gedenkstein für die selig gesprochene Schwester Helene Kafka.

»Ich weiß ja nie, ob ich genug getan habe in meinem Berufsleben.«

»Davon gehe ich stark aus«, sagte Jürgen Heimlich anerkennend. »Der Zentralfriedhof als Tatort in einem Mordfall... Da hätten Sie einiges vor sich, sollten Sie sich an diese Aufgabe wagen.«

»Ich spiele mit dem Gedanken. Für einen Menschen wie mich, der noch nie ernsthaft etwas Literarisches geschrieben hat ist das eine Wahnsinnsvorstellung, einen Roman zu schreiben.«

»Für den Anfang ist ein Kurzkrimi eine feine Sache. Dann sehen Sie gleich mal, wie leicht es Ihnen fällt, in die Gedankenwelt von Figuren einzudringen.«

»Was ist denn besonders wichtig für eine Kriminalgeschichte abgesehen von der Tat, Mörder und Opfer, dem üblichen Personal, den Ermittlungen?«

»Die Fantasie. Die Vorstellung, etwas Besonderes erschaffen zu wollen. Und wenn Sie sich die Krimis ganz grundsätzlich betrachten lässt sich nicht bestreiten, dass sie allesamt dialoglastig sind. Ein Krimi lebt von Dialogen!«

Der Ex-Chefinspektor machte ein nachdenkliches Gesicht. »Ich bin ja kein großer Redner, schweige viel lieber. Für Sie als Autor ist der Dialog sicher etwas ganz Normales. Wahrscheinlich schütteln Sie das nur so aus dem Ärmel. Jedenfalls sind das einige wichtige Ansatzpunkte, die Sie mir mitgeben. Ich würde mich freuen, wenn wir uns in ein paar Wochen wieder treffen. Möglicherweise habe ich da meinen ersten kleinen Krimi geschrieben. Und ich wäre Ihnen sehr verbunden, wenn Sie mir dann Verbesserungsvorschläge machen...«

»Ihre Einladung zu einem weiteren Treffen nehme ich gerne an, Herr Kneiffer! Aber ich werde Ihnen sicher nicht in Ihre Arbeit reinpfuschen. Ich werde Ihnen meine subjektive Meinung zu Ihrer Geschichte mitteilen, natürlich.«

Eduard Kneiffer verabschiedete sich vor dem dritten Tor des Zentralfriedhofes von Jürgen Heimlich. Von hier waren es nur wenige Schritte bis zu seiner Wohnung. Er bemerkte, dass der Autor in keine Straßenbahn einstieg, sondern sich auf den evangelischen Friedhof zubewegte.

Die Räumlichkeiten der Redaktion entpuppten sich als spartanisch. Fritz Werker saß auf einem Drehstuhl, der schon bessere Tage gesehen haben musste. Er drückte seinem Namensvetter Schuch die Hand.

»Viel Platz haben Sie hier ja nicht gerade«, sagte der Gruppeninspektor ganz ohne zynischen Unterton.

»Die anderen Kabäuschen sind noch kleiner. Als Chefredakteur bekomme ich gewisse Annehmlichkeiten zugestanden. Mein Computer funktioniert meist und ich habe sogar einen eigenen Kaffeeautomaten. Möchten Sie Kaffee?«

Fritzi Schuch schüttelte den Kopf. Er sah sich im Zimmer um, wenngleich es nicht viel zu sehen gab.

»Sie vermitteln mir nicht den Eindruck, als grämten Sie sich über den Tod Ihres Kollegen. Oder täuscht mich mein Eindruck?«

»Lassen Sie es mich mal so sagen. Alfred war mir immer etwas unheimlich. Ein merkwürdiger Bursche. Ich habe mich gefragt, warum ein so begnadeter Autor wie er ausgerechnet für uns arbeitet. Als Übergangslösung meinetwegen, aber für mehr als fünf Jahre? Das war mir schleierhaft. Seine Artikel waren großartig, auch wenn er sich zurücknehmen musste. Meist musste ich die Texte rigoros kürzen.«

»Gab es Probleme mit seinen Kollegen? Wenn ich Sie richtig verstehe, war er so etwas wie der intellektuelle Part der Redaktion?«

»Irgendwie möchte man das bei einer Billig-Zeitung wie der unsrigen gar nicht glauben, nicht wahr? Da ist einer, der so richtig aufmischt, Neues einbringt. Der nicht mal davor zurückscheut, Dinge anzuprangern.«

Jetzt war Fritzi Schuch dort, wo er in die Vollen gehen konnte. «Er soll ja an etwas dran gewesen sein, einer ganz besonderen Story. Hat Recherchen betrieben. Wissen Sie, was er aufdecken wollte oder hat er zumindest etwas angedeutet?«

»Er war verschwiegen wie ein Grab und kann uns nun gar nichts mehr sagen. War sehr oft auf dem Zentralfriedhof. Ich weiß aber nicht, ob das etwas mit seinen Recherchen zu tun hatte oder dass er einfach gerne dort unterwegs gewesen ist.«

»Gibt es so etwas wie ein Archiv seiner Artikel?«

»Klar, das können Sie sogar online abrufen. Ich bezweifle aber, dass Sie den Stein der Weisen finden werden. Noch dazu, wo ich so stark gekürzt habe. Die Artikel sind weitgehend auf meinem Mist gewachsen, auch wenn ich nicht stolz darauf bin.«

Fritzi Schuch schaute auf die Uhr.

»Wo sind eigentlich die anderen Redakteure?«

»Alle ausgeflogen, nur ich halte die Stellung. Aber diese Schmierfinken werden Ihnen nichts über Alfred sagen können. Die sind froh, wenn Sie sich selbst im Spiegel erkennen. Lauter Möchtegern-Journalisten ohne irgendeinen Qualitätsanspruch. Schreiben über irgendwelche Dinge, die ihnen irgendwo unter die Augen kommen.«

»Mich wundert nur, dass Sie bei keiner Qualitätszeitung Ihre Fähigkeiten umsetzen«, sagte Fritzi Schuch und diesmal war eindeutig ein zynischer Unterton erkennbar.

»Hm, das ist wahrlich merkwürdig, nicht wahr? Ein Mann verdingt sich als Chefredakteur einer Billig-Zeitung, und kriegt dabei nicht mal die eigene Familie gebacken. Das haben Sie ja sicher schon im Vorfeld herausgefunden, dass ich geschieden bin und meine Kinder nicht mal sehen darf! Ich muss einen großen Bogen um meine Familie machen. Oh ja, ich gelte als gefährlich! Lachen Sie nur nicht, denn das ist mein Ernst. Wissen Sie was: Ich saufe nach getaner Arbeit, weil ich diese Welt nicht mehr ertragen kann. Wollten Sie das hören, Meister? Die Geschichte einer verkrachten Existenz, die über andere Leute herzieht? Ein Kollege stirbt und der Chef erzählt vom tiefen Schmerz seiner misslungenen Lebensreise? Viele Fragezeichen, doch Sie kenne ich noch viel weniger als Sie mich! Ich muss mich ständig erklären, auch meinem Chef gegenüber. Das kotzt mich alles ziemlich an!«

Fritzi Schuch wollte dem nichts hinzufügen. Er verabschiedete sich mit einem leisen Abschiedswort, das sanft wie eine Taubenfeder auf Fritz Werkers Denkerstirn zuschwebte. Dreißig Sekunden später telefonierte der Chefredakteur mit einer Person, die möglicherweise für den Fall von Belang ist. Er vergaß dann darauf, Chefinspektorin Winter anzurufen und über die Ergebnisse der Befragung von Fritz Werker zu berichten.

Acht

Trixi Hunter parkte ihren Kleinwagen mit ein wenig Abstand vom Bauernhof. Sie war frohen Mutes, Kapital aus dem Tod ihres Mannes zu schlagen. Ihrem Schwager würde nichts anderes übrigbleiben als auf das Angebot einzugehen. Doch der Bauernhof schien menschlich verwaist zu sein. Trixi hörte ein paar Schweine quieken und ein paar Hühner liefen umher.

»Kann ich Ihnen helfen?« Sie wäre fast zu Tode erschrocken. Ein Mann hatte ihr die Worte ins Ohr geflüstert.

»Hallo, ich bin Frank und oberster Chef der Schweine und Schäfchen.« Er lachte lauthals und zeigte zur Pferdekoppel. »Ferdinand rechnet damit, dass ich in gar nicht so ferner Zeit einen Gewinn mit meinen Pferden erzielen werde. Springreiten, verstehen Sie?«

»Servus, Frank. Nett, Sie kennen zu lernen, auch wenn Sie sich nicht so anschleichen hätten müssen. Ich möchte mit Ferdinand sprechen.«

»Haben Sie einen Termin?« Frank verschränkte die Arme vor der Brust.

»Brauche ich denn einen? Er ist mein Schwager und mein Mann wurde ermordet.«

»Ach so, dann sind Sie Trixi? Von Ihnen hat Ferdinand immer wieder mal gesprochen. Angeblich hatten Sie mal was mit ihm.«

»Das hätte er wohl gern. Also, wo ist der Casanova?«

Frank führte Trixi zu einer abgeschiedenen Hütte. Ferdinand war gerade dabei, ein paar Unterlagen zu studieren. Er lächelte Trixi an, die mit versteinerter Miene da stand. Nachdem Frank den Raum verlassen hatte, zögerte Trixi keine Sekunde.

»Du weißt, warum ich hier bin! Es gilt für mich Nägel mit Köpfen zu machen. Mit Abfall gebe ich mich nicht zufrieden. Ich weiß alles. Und wenn du nicht willst, dass ich alles der Polizei erzähle, wirst du zahlen müssen!«

Ferdinand war das Lächeln vergangen. Er ging auf Trixi zu und drückte ihr einen Kuss auf die Stirn.

»Du kannst mir nicht drohen, meine Holde! Das haben schon ganz andere versucht.«

Frank tauchte wieder auf. Er versetzte Trixi Hunter einen Schlag auf den Hinterkopf, sodass sie das Bewusstsein verlor.

Als sie aufwachte, fand sie sich in einem winzigen Zimmer wieder. Sie war gefesselt, konnte sich überhaupt nicht rühren. Aber ihr Mund war nicht verklebt. Sie schrie, bis Ferdinand den Raum betrat. Er hatte Essen und eine Flasche Mineralwasser mitgebracht.

»Wenn du brav bist, löse ich dir die Fesseln. Es liegt ganz an dir.«

»Was soll das? Willst du mich umbringen? Ich habe dir nichts getan!«

»Ha!« Ferdinand Hunter streichelte Trixis Gesicht. »Du willst alles auffliegen lassen. Wie konntest du damit rechnen, dass ich auf einen Deal eingehe und erpressbar bin? Du kennst mich offenbar nicht gut genug! Ich habe jede Menge gute Freunde, und wenn du verschwindest, dann wirst du lange Zeit unentdeckt bleiben. Für die ersten paar Tage bleibst du hier. Ich freue mich, dich als Gast zu haben!«

Trixi spuckte vor ihm aus.

»Wie du willst«, sagte Ferdinand. Er machte Anstalten, den Raum zu verlassen.

»Warte«, schrie Trixi. »Ich möchte dir noch etwas sagen…«

»Da bin ich aber neugierig…« Ferdinand Hunter setzte sich neben seine Gefangene.

»Alfred hat nie schlecht von dir geredet. Wusste auch erst seit kurzem davon, dass du auf seine Kosten dein eigenes Spiel spielst. Alles was ich will ist genug Geld, damit ich mir in Spanien ein neues Leben aufbauen kann. Du wirst deine Ruhe vor mir haben, das verspreche ich dir!«

Ferdinand Hunter holte sein Mobiltelefon heraus. Zwei Minuten später stand Frank im Raum. Er setzte sich neben Trixi, sodass sie von den beiden Männern flankiert war.

»Was habt ihr vor?« Trixi bekam es mit der Angst zu tun. Sie starrte auf den Boden, getraute sich nicht, nach links oder rechts zu schauen.

»Du bist doch ein braves Mädchen, oder?« Frank schlug die Beine übereinander.

»Wir werden dir nichts antun. Das tun gottesfürchtige Menschen nicht.«

Ferdinand schloss die Augen und begann ein merkwürdiges Gebet zu intonieren. Trixi verstand kein Wort. Es ging um den Teufel und Gott, um Ausbeutung und die herrlichsten Geschenke des Himmels.

»Wenn wir das Geld haben, werden wir unser eigenes Paradies auf Erden gestalten können«, sagte Frank, als Ferdinand dem Spuk ein Amen hintangesetzt hatte. »Da kannst du gar nichts dagegen tun. Du wirst keinen Cent von uns bekommen. Wir werden dich zu einem Teil unserer Gemeinschaft machen, und du darfst dich als Mitglied einer Elite fühlen, solltest du unsere Regeln einhalten.«

»Da sterbe ich lieber«, sagte Trixi so leise, dass es fast nicht zu hören war.

»Frank und ich werden dich zu unserer lieben Frau machen. Du wirst über den anderen Weibern stehen, die nichts zu sagen haben. Und am jüngsten Tag…«

»Seid ihr Satanisten?« Trixi konnte kein Zeichen an den beiden

Männern erkennen, die diese Vermutung bestätigte.

»Lustig ist sie, die Trixi, immer zu Späßchen aufgelegt!« Ferdinand Hunter stand auf und stellte sich vor seine Gefangene.

»Wir sind die Auserwählten, eine Gruppe von Gotteskriegern, die genug davon haben, was der christliche Glauben überall auf der Welt anrichtet! Lauter Lügen, Geheimnisse, falsche Zungen. Wir wollen den wahren Glauben über die Menschen ausschütten und dafür in alle Herren Länder ziehen. Dafür brauchen wir viel Geld, wie du dir vorstellen kannst. Geld, dass wir uns von dir nicht wegnehmen lassen, meine Liebe! Du wirst schon noch zur Vernunft kommen und uns dankbar sein, dass wir dich in unsere Gemeinschaft aufnehmen. Aber jetzt müssen wir dich vorläufig verlassen. Hast du nicht Hunger und Durst? Wir sind wahre Christen und dir soll es an nichts mangeln.«

Trixi wurde mit Hühnchen und Reis gefüttert. Und sie bekam ausreichend zu trinken.

»Ganz rechts im Raum ist eine Tür. Hinter dieser verbirgt sich ein Bad und du kannst die Toilette benutzen. Du siehst also, dass wir keine grausamen Entführer sind, die dich peinigen wollen. Die Fesseln werden dir sofort abgenommen, wenn du dich nicht weiter widersetzt.«

Trixi nickte. Sie glaubte an die Möglichkeit, hier wieder heil heraus zu kommen. Ferdinand und Frank waren verrückt, aber keine irren Mörder. Ohne die Fesseln führte ihr erster Weg sofort zur Toilette. Spätestens morgen werde ich vermisst, dachte sie. Sie werden nach mir suchen und wenn Ferdinand mich weiter hier gefangen hält, sind meine Chancen groß, mich nahezu unbeschadet aus der Affäre zu ziehen.

Fünf Minuten Stille. Eduard Kneiffer und sein Sohn Freddy standen vor dem Grab von Linda Wunderlich und hielten inne. Freddy wollte nicht mehr länger schweigen und meldete sich zu

Wort.

»Dass du das alles aushältst, Papa! Tag für Tag! Stumm vor dem Grab einer Frau stehen, die du nur wenige Monate gekannt hast...«

»Sie war meine große Liebe und das weißt du!«

»Deswegen hast du mich aber nicht hergebeten, oder? Du weißt, dass ich viele Verpflichtungen habe. Die Polizeischule, mein ehrenamtliches Engagement...«

»Ehrenamtliches Engagement? Das ist mir neu!«

»Irgendwer muss den Multis ja auf die Füße treten.«

»Das sei dir unbenommen, Freddy! Du musst wissen, dass dein Vater auf seine alten Tage unter die Autoren gehen will. Für heute war ein weiteres Treffen mit einem Autor anberaumt, der mir auf die Sprünge helfen wollte. Ein Mensch, der nett daherkam. Letztlich wohl wieder nur eine Enttäuschung...«

Freddy und Eduard Kneiffer setzten sich in Bewegung. Ihr Weg führte sie Richtung buddhistischer Friedhof.

»Wenn du mich fragst, Papa: Autoren haben allesamt einen Knall. Ich meine, wer schreibt schon freiwillig, wenn die Erfolgsaussichten minimal sind?«

»Bist du nach wie vor Kapitalist, Sohnemann? Ich dachte, das hättest du hinter dir?«

»Es geht nicht darum, mit Schreiben reich zu werden, sondern überhaupt davon seine Existenz bestreiten zu können. In den meisten Fällen ist das Selbstausbeutung. Das kann und will ich nicht unterschreiben.«

»Darüber können wir gerne später mal reden. Ich wollte mich mit dir aussprechen, weil es mir nicht besonders gut geht. Ich werde in letzter Zeit zu oft übergangen. Manchmal frage ich mich, warum ich mich noch weiter quäle. Mein Leben wird nicht mehr viel zu bieten haben. Da habe ich Feuer gefangen, möchte einen Krimi schreiben. Mein literarisches Talent hält sich in Grenzen, das weißt du. Einen Mentor braucht der Mensch, zumindest glaube ich das. Und dann versetzt mich dieser Heimlich, dieser komische Kauz…«

»Womöglich hatte er seine Gründe?«

»Er hat mich nicht mal angerufen. Ist einfach nicht erschienen.«

»Dafür kann es tausend Gründe geben…«

»Davon kann ich mir nichts kaufen. Ich hatte mich darauf eingerichtet, spätestens nächste Woche das erste Kapitel zu schreiben…«

»Und wie weit ist deine Idee gediehen?«

»Meine Idee? Ich bitte dich, Freddy! Dieser Jürgen Heimlich hätte mich schon auf Ideen gebracht, davon bin ich überzeugt. Hat ja angedeutet, dass es bei einem Krimi sehr stark auf die Dialoge ankommt!«

»Auf die Dialoge, aha. Geht es nicht im Leben grundsätzlich um Dialog? Ohne Dialog wären wir alle in unserem Elfenbeinturm und die Menschheit würde irgendwann aussterben.«

»Das wird sie auch so, früher oder später. Deine Philosophie in Ehren, Freddy, aber ich bin nicht zu Späßen aufgelegt. Dialog ist das um und auf, und das glaube ich auch. Die zahlreichen Befragungen, Einvernahmen, Zeugenaussagen, das ganze Programm. Damit allein kannst du 1000 Seiten füllen.«

»Das mag schon sein. Ist das aber nicht recht dürftig? Schließlich gilt es, die Menschen darzustellen, ihre Eigenheiten langsam zum Vorschein zu bringen. Quatschen allein ist da keineswegs ausreichend.«

»Du redest so, als hättest du schon einen Krimi geschrieben…«

»Habe ich tatsächlich mal versucht. Vor einigen Jahren, als die Beziehung mit du weißt schon wem in Brüche ging. Da habe ich ein alptraumhaftes Szenario entworfen. Mord und Totschlag, Blut überall und am Ende war nicht mal der Gärtner der Mörder.«

Diesen Dialog hätten Vater und Sohn bis zum St. Nimmerleinstag führen können. Kneiffer verließ jedoch schnell die Lust daran. Er begutachtete gemeinsam mit seinem Sohn einige verwitterte Grabsteine, die sich auf dem altjüdischen Areal des Zentralfriedhofs befinden. Endlich war wieder die Stille da. Diesmal nicht nur fünf Minuten, sondern deutlich länger. Dialoge gingen Kneiffer senior insgeheim auf den Geist. Ständig dieses Herumgerede. Und was sollte dabei herausschauen? Oh nein, wenn er tatsächlich einen Krimi schreiben wollte, dann etwas völlig Abgefahrenes. Etwa einen Krimi ohne jeglichen Dialog. Die Innenwelt eines Chefinspektors, der seine Fälle nicht mehr zuordnen kann. Und sein Versuch, sie sich wieder über Bruchstücke hinaus in Erinnerung zu rufen führt dazu, dass er wahnsinnig wird.

Freddy drückte ihm zum Abschied die Hand und ging dann durch das erste Tor wahrscheinlich zur Straßenbahn. Eduard Kneiffer hatte noch nicht genug vom Zentralfriedhof. Er schaute Richtung Friedhofsmauer und traute seinen Augen nicht. Aus einer Entfernung von vielleicht hundert Metern glaubte er Jürgen Heimlich zu erkennen. War er doch gekommen, wenn auch verspätet? Er ging so schnell er konnte in Richtung der Gestalt, die er für den Autor hielt. Möglicherweise hatte er sich getäuscht. Vom Autor war aber keine Spur mehr. Der Mann musste in irgendeinen Seitenweg eingebogen sein und war von der Bildfläche verschwunden. Eduard Kneiffer sah auf die Uhr. Konnte er sich mit der Zeit vertan haben? 16 Uhr statt 14 Uhr? Er schüttelte den Kopf.

Ein letztes Mal an diesem Tag ging er zum Grab von Linda Wunderlich zurück. Er zündete mit einem Feuerzeug ein Grablicht an, stellte dieses in das vorgesehene Behältnis und betete ein Vater unser. Danach machte er sich immer noch nicht auf den Heimweg. Der Zentralfriedhof hatte ihn voll im Griff.

Wendelin Wurm hatte eine unruhige Nacht verbracht. Alle paar Minuten war er aufgestanden, weil die Alpträume nicht einzudämmen waren. Er vergaß darauf, sich zu duschen, verzichtete auf ein Frühstück. Der Anruf von Fritzi Schuch holte ihn in die Welt zurück, die ihm zu entgleiten schien. Eine halbe Stunde später stand er mit seinen Kollegen rund um den Obduktionstisch. Werner Spaltmeister verschränkte die Arme vor der Brust. Der Gerichtsmediziner konnte immer wieder nur wiederholen, was keiner der anwesenden Kriminalisten glauben wollte.

»Ich konnte nichts entdecken, das ein Fremdverschulden belegt. Der Mann muss tot umgefallen sein. Ein schöner Tod irgendwie. Wie vom Blitz erschlagen, nur, dass es kein Blitz gewesen ist.«

»Das kann nicht sein!« Fritzi Schuch war von seiner Theorie nicht abzubringen. »Wenn der Mann umgefallen ist, warum taucht dann seine Leiche auf dem Zentralfriedhof auf? Ja, klar, Sie sagen, dass die Leiche dorthin gebracht wurde. Das kann aber nur sein, wenn es eben kein normaler Tod gewesen ist.«

»Normaler Tod…« Werner Spaltmeister pfiff durch die Zähne. »Es lässt sich nicht ändern. Dieser Mann ist mit hoher Wahrscheinlichkeit eines natürlichen Todes gestorben.«

»Kann der perfekte Mord gewesen sein…«, sagte Wendelin Wurm zu seiner eigenen Überraschung.

»Daran habe ich auch schon gedacht…«, sagte Belinda Winter anerkennend. Die Chefinspektorin legte dem Praktikanten die Hand auf die Schulter.

»Du bist ja kreidebleich. Ist etwas passiert? Du bist eine halbe Stunde zu spät hier eingetroffen…«

»Nur eine Magenverstimmung oder so etwas in der Art«, log Wendelin Wurm.

»Du kannst nach Hause gehen, wenn es dir nicht gut geht. Kuriere dich ein bisschen aus.«

Wendelin Wurm ließ sich das nicht zwei Mal sagen. Er nickte kurz und lief dann richtiggehend aus dem Raum. Fritzi Schuch und Belinda Winter wendeten sich wieder der Leiche zu.

»Also, ich gehe nicht davon aus, dass alles mit rechten Dingen zugegangen ist« Fritzi Schuch bedankte sich bei dem Gerichtsmediziner, und ging dann gemeinsam mit Belinda Winter an die frische Luft.

»Komisch, das alles...« Die Chefinspektorin schüttelte den Kopf. »Und Wendelin kommt mir wie verwandelt vor. So einsilbig und irgendetwas muss ihn bis ins Mark erschüttert haben.«

»Menschen verändern sich, das ist einfach so. Kann gut sein, dass ihm alles zuviel ist. Und Alfred Hunter ist der erste Tote, der ihm im Laufe seines Praktikums untergekommen ist.«

»Wenn ich da an meine erste Leiche denke...« Fritzi Schuch war knapp davor, sentimental zu werden.

Wendelin Wurm ging nicht nach Hause, sondern aß zu Mittag in einem China-Restaurant. Er schlang die acht Schätze hinunter, trank dazu grünen Tee. Am liebsten wäre er beichten gegangen, wenn sich das für einen Atheisten geziemen würde. Er fraß alles in sich hinein. Nur wenige Minuten nach dem Essen begab er sich auf die Toilette und die acht Schätze kamen in leicht veränderter Form dort hinaus, wo er sie kurz zuvor eingeworfen hatte. Am Nachmittag ging er in den Prater, um sicher zu gehen, dass die Leiche noch nicht aufgefunden worden war. Rund um den Platz, wo er die Leiche abgelegt hatte, waren diesmal viele Menschen und Hunde unterwegs. Wie zufällig ging er zu der etwas abgelegenen Stelle und traute seinen Augen nicht. Keine Spur von Martins Leiche. Einfach weg! Er schaute hinter jedem Baum in der unmittelbaren Nähe, als ob die Leiche mit ihm Verstecken spielen wollte. Ein älterer Mann sprach ihn an.

»Nun, Jungchen, suchst du was?«

»In der Tat, ich habe meine Schlüssel verloren.«

»Kann ich dir helfen?«

»Nicht nötig, danke. Ich werde sie sicher bald finden. Können ja keine Flügel bekommen haben.«

Der ältere Mann murmelte ein Abschiedswort und verschwand. Wendelin Wurm entfernte sich wenig später und setzte sich auf eine Bank in der Nähe der Straßenbahnstation. Er wollte nachdenken, war dazu aber nicht in der Lage. Ständig sah er Martin vor sich, wie er niedersank und seinen letzten Atemzug tat. Wie ein Roboter stand er schließlich auf, ging zur Straßenbahn und fuhr nach Hause.

Am frühen Abend rief Belinda Winter bei ihm an und erkundigte sich nach seinem Befinden. Er sagte, dass er sich schon etwas besser fühle. Ein oder zwei Tage bräuchte er noch, um wieder voll einsatzfähig zu sein. Nach dem Telefongespräch drehte er den Fernseher auf und sah sich irgendeinen Film an. Er dachte wie in einer Wiederholungsschleife: Geht Martin denn niemandem ab? Und wie zum Teufel konnte es sein, dass seine Leiche verschwindet, wie vom Erdboden verschluckt ist? Als er sich ein Glas Wasser holen wollte, schwankte der Boden unter seinen Füßen. Er fühlte sich schrecklich. Das Fieberthermometer bestätigte, dass er am nächsten Tag einen Arzt konsultieren sollte. Vorerst nahm er ein fiebersenkendes Medikament, und lag dann einige Stunden wach, bis die Fieberträume die Alpträume verdrängten.

Neun

Nur wenige Stunden, nachdem sie vom nicht gerade hilfreichen Obduktionsergebnis erfahren hatte, war Belinda Winter gemeinsam mit Fritzi Schuch auf dem Weg zum Zentralfriedhof. Die Maulfaulheit ihres Kollegen war nicht zu überhören. Sie tat nichts dagegen, weil sie insgeheim ohnehin ihre Ruhe haben wollte. Die letzten Monate waren so etwas wie die Vorhölle für sie gewesen. Mit großem Aufwand hatte sie versucht, Eduard Kneiffer als Lebensabschnittsgefährten zurück zu gewinnen. Aber er war offenbar nicht mehr an ihr interessiert.

Der Zentralfriedhof sollte um diese Zeit seine Pforten geschlossen haben. Doch wenn auf diesem weitläufigen Gelände des zweitgrößten Friedhofes Europas eine Leiche aufgefunden wird, wird der Bürokratie buchstäblich ein Riegel vorgeschoben. Fritzi Schuch schwieg wie ein Grab, und passte in dieser Hinsicht wunderbar an diesen Ort. Belinda wandte sich einem jungen Mann zu, der auf einer Bank neben der Leiche saß. Irgendwie beeindruckend, wie er sich von den gegebenen Umständen nicht verunsichern ließ. Die Spurensicherung packte gerade die Köfferchen. Werner Spaltmeister begrüßte das Kriminalistenduo und zeigte auf die Leiche.

»Es handelt sich um Martin Winkelsteher, Geschäftsführer eines Fitnessstudios. So lange es gedauert hat, zu einem brauchbaren Ergebnis bei der Obduktion von Alfred Hunter zu kommen, so eindeutig ist die Sachlage in diesem Fall. Der Mann wurde mit einigen Messerstichen in die Herzgegend ins Jenseits befördert. Wobei er nicht hier ermordet worden ist.«

Fritzi Schuch schien aus dem vorgezogenen Winterschlaf zu erwachen.

»Der Täter hat ihn also hierher gebracht, auf den Friedhof. Und ausgerechnet auf die Bank gesetzt, wo der angeblich nicht ermordete Alfred Hunter von unserem Ex-Chef aufgefunden worden ist!

Merkwürdige Zufälle, oder? Wer hat denn eigentlich die Leiche gefunden?«

»Der Mann neben der Leiche.« Der Gerichtsmediziner deutete auf den jungen Mann, der kein Wässerchen zu trüben schien, und schmunzelte dabei. »Es handelt sich um einen Autor, der euch einiges zu erzählen hat.«

Die Chefinspektorin trat auf den Mann zu. »Guten Tag, Mordkommission. Chefinspektorin Winter. Sie haben also die Leiche gefunden?«

Der Mann nickte. »Hat mich fast zu Boden gestreckt, der Anblick.«

»Nun sind Sie aber ganz schön taff, wenn ich das so ausdrücken darf. Sitzen neben der Leiche, als wäre dies für Sie eine ganz normale Sache.«

»Na ja, was soll ich denn tun? Die nächste Bank ist hundert Meter entfernt und ich wollte nicht die ganze Zeit stehen. Habe mir die Zeit auch ein wenig mit Lesen vertrieben.«

»Sie haben gelesen, während neben Ihnen eine Leiche sitzt? Respekt!« Fritzi Schuch schaltete sich neugierig geworden ins Gespräch ein.

»Ihr Kollege, Herr Spaltmeister, hat mir ohnehin immer wieder Löcher in den Bauch gefragt. Wie das so ist als Autor, der den Zentralfriedhof ins Herz geschlossen hat.«

»Sagen Sie, sind Sie der Autor, von dem Edi erzählt hat? Warten Sie mal, Jürgen...«

»Heimlich. Jürgen Heimlich.« Der Autor lächelte.

»Ja, haarscharf.« Fritzi Schuch quetschte sich zwischen die Leiche und den Autor.

»Sie sollen auch ein Buch über den Zentralfriedhof geschrieben haben?«

»Stimmt, Sie sind bestens informiert. Herr Kneiffer war der erste Mensch, der mich darauf direkt angesprochen hat. Und wollte in den nächsten Tagen mit Hilfe des Buches einige für ihn noch unbekannte Plätze auf dem Friedhof ansteuern.«

Belinda Winter hätte sich nicht mehr auf die Bank setzen können, weil sie überbesetzt war. Sie stand also direkt vor den beiden quicklebendigen Menschen und der Leiche.

»Nachdem Sie den Zentralfriedhof gut kennen, denke ich mal, dass Sie öfters hier unterwegs sind?« Sie versuchte dem Autor möglicherweise ein Geheimnis zu entlocken.

»Gut kombiniert, Frau Chefinspektorin. Ja, ich bin mehrmals die Woche auf dem Zentralfriedhof unterwegs. So auch heute. Aber heute wollte ich Ihren Ex-Kollegen treffen, den Herrn Kneiffer. Wir hatten gestern schon einen Termin, aber er ist nicht gekommen. Da habe ich vermutet, er könnte sich im Datum getäuscht haben. Also bin ich nochmals zur selben Zeit wie gestern hierher gekommen. Doch keine Spur von Herrn Kneiffer. Er will unbedingt einen Krimi schreiben, hat mit mir darüber sprechen wollen. Und wo ich ansonsten eher nicht in Gesellschaft den Friedhof beehre…«

Fritzi Schuch schaute Jürgen Heimlich tief in die grünbraunen Augen.

»Wissen Sie, dass Edi, pardon Ex-Chefinspektor Kneiffer hier vor kurzem eine andere Leiche entdeckt hat?«

»Ja, das ist sogar in der Zeitung gestanden. Reichlich makaber.«

»Und jetzt also eine zweite Leiche.« Fritzi Schuch wollte noch ein wenig nachhaken.

»Hat Ihnen Ex-Chefinspektor Kneiffer vielleicht etwas erzählt, das er nicht hätte erzählen dürfen? Ein Geheimnis beispielsweise?«

Der Autor schüttelte den Kopf. »Er kam mir ein wenig aufgekratzt vor. Aber ich war absolut sicher, dass er das Buchprojekt durchziehen will.«

»Sch... Scheint die liebe Sonne. Edi steht kurz vor seinem 60. Geburtstag. Wenn ihm nur nichts zugestoßen ist...« Belinda Winter machte sich Sorgen um den – nach wie vor – Mann ihrer Träume.

»Obwohl...« Jürgen Heimlich stand auf und stellte sich neben die Chefinspektorin.

Fritzi Schuch stand ebenfalls auf, weil er nicht allein neben der Leiche sitzen wollte.

»Obwohl?« Belinda Winter rückte dem Autor ein wenig näher, woraufhin dieser einen Schritt zurück machte.

»Obwohl ich mir gestern eingebildet habe, ihn zu sehen. Aus größerer Entfernung. Ich glaube sogar, dass er mich verfolgt hat. Das war ein Weilchen nach unserem vereinbarten Treffen, zu dem er nicht erschienen ist. Nun ja, gestern habe ich an einen komischen Kauz gedacht, der sich einen Spaß daraus macht, andere Menschen auf Friedhöfen zu verfolgen. Aber die Ähnlichkeit mit Eduard Kneiffer... Der verschlissene Mantel, völlig unpassend zu dieser Jahreszeit... Und der schlurfende Gang. Er könnte es gewesen sein...«

Belinda Winter bekam es mit der Angst zu tun. Eduard war seit gestern von der Bildfläche verschwunden. Vor wenigen Tagen fand er eine Leiche auf dem Zentralfriedhof, und genau beim Auffindungsort taucht nun eine zweite Leiche auf. Sie witterte ein Komplott gegen ihren Kollegen. Da hatte wer etwas gegen diesen erfolgreichen Ex-Chefinspektor. Wollte ihm ein, wenn nicht zwei Morde anhängen. Den Anschein erwecken, als wäre Edi nach seinen Taten geflüchtet.

»Sie haben uns fürs Erste sehr geholfen«, sagte Belinda Winter und drückte dem Autor zum vorläufigen Abschied die Hand.

Es war gar nicht möglich, dem Medienrummel rund um eine

zweite Leiche auf dem Zentralfriedhof innerhalb weniger Tage zu entgehen, die nicht ordnungsgemäß in einem Sarg schlummerte. Die Radionachrichten berichteten halbstündlich von diesem makabren Szenario und der Sprecher der Polizei konnte beim bisherigen Stand der Ermittlungen nur vermelden, dass es noch keine Indizien für etwaige Hintergründe des Mordes gäbe. Der Tod von Alfred Hunter wurde mittlerweile als Herzversagen dargestellt. Somit konzentrierten sich alle Bemühungen der Kriminalisten darauf, den Mord an Martin Winkelsteher aufzuklären. Kurios sei nur, dass beide Tote auf der gleichen Bank in der Nähe der hinteren Friedhofsmauer aufgefunden worden waren. Martin Winkelsteher sei definitiv an einem anderen Ort ermordet und dann zum Zentralfriedhof verbracht worden.

Das Fernsehen zeigte den Ort des Geschehens zur besten Sendezeit. Der Zentralfriedhof kam in die Schlagzeilen. Und Wendelin Wurm trank lauwarmen Tee. Belinda Winter, seine unmittelbare Vorgesetzte, hatte ihn angerufen. Wendelin musste zugestehen, dass er noch nicht gesundet sei und das Bett so schnell nicht verlassen könne. Er sah diese bildhübsche Frau immer wieder vor seinem geistigen Auge. Wie konnte sie nur ihr Leben mit der Suche nach Mörderinnen und Mördern vergeuden? Er selbst war längst zum Entschluss gelangt, nach dem Praktikum eine andere Karriere einzuschlagen. Bei der Polizei gab es genug Beschäftigungsmöglichkeiten, es musste nicht gezwungenermaßen die Mordkommission sein. Andererseits hatte er höchstpersönlich einen Mord begangen und war sich fast sicher, dafür in naher Zukunft belangt zu werden. Warum irgendwer auf die Idee gekommen sein konnte, die Leiche vom Prater zum Zentralfriedhof zu schaffen, war für ihn in keinster Weise nachvollziehbar. Aber das änderte nichts daran, dass er die abscheuliche Tat begangen hatte. Er und kein anderer hatte diesen schmierigen, diesen... Wendelin Wurm laborierte an einer Magen-Darm-Grippe und nicht mehr ganz so hohem Fieber. Er nahm Tütensuppen und viel Tee zu sich. Zur Außenwelt hatte er mit Ausnahme von Chefinspektorin Winter keinen Kontakt. Er war in einem inneren Konflikt gefangen. Konnte er seine Tat einfach als gegeben hinnehmen und zur Tagesordnung übergehen? So ein Mord ist keine Kleinigkeit. Er fühlte sich schuldig, auch wenn er in Notwehr gehandelt hatte. Dieser Mensch hätte ihn wohl zu Tode geprügelt, wenn da nicht das Messer gewesen wäre. Einige gezielte Messerstiche und aus die Maus. Im Grunde genommen war das weder Mord noch Totschlag, sondern eben Notwehr. Oder doch nicht? War er ein feiger Mörder? Wenn die Kriminalisten die richtige Fährte witterten, würden sie ihn einkreisen. Er wäre umzingelt, ohne Chance, seiner Strafe zu entgehen.

Radio, Fernsehen, Zeitungen. Die auflagenstärkste Zeitung Österreichs berichtete gleich über eine Strecke von 14 Seiten inklusive zahlreicher Fotos vom Leichenfund auf dem Zentralfriedhof. Psychologen, Psychoanalytiker, Kollegen, Nachbarn und Ex-Freundinnen von Martin Winkelsteher kamen zu Wort. Eine riesige Sensation beherrschte wohl noch einige Tage das Mediengeschehen, ehe irgendein anderes reißerisch umzusetzendes Thema dem Wiener Zentralfriedhof den Rang ablaufen wird. Wendelin Wurm stand mit Mühe auf, und wankte der Toilette entgegen. Er befand sich auf dem Klo, als sein Handy klingelte.

Fritzi Schuch genoss das Privileg, ganz allein eine Befragung durchzuführen. Belinda musste sich in einer Pressekonferenz allerlei Fragen journalistischer Natur stellen, die sie nur bedingt zu beantworten vermochte. Nein, mit ihr hätte er nicht tauschen wollen. Es war weitaus angenehmer, Männern und insbesondere Frauen beim Fitnesstraining zuzusehen. Er wartete an einer Bar auf zwei enge Kollegen von Martin Winkelsteher.

»Und? Lust bekommen, bei uns einzusteigen?« Eine junge Dame grinste ihn an. Sie trug einen Hauch von Nichts, zumindest bildete sich das Fritzi Schuch ein.

»Ist wirklich eine Überlegung wert. Ich habe schon seit Ewigkeiten keinen Sport mehr betrieben...«

»Das lässt sich schnell ändern!« Ein muskelbepackter Herr in mittleren Jahren streckte dem Gruppeninspektor die Hand entgegen. »Grüße Sie. Ich bin Arnold, der zweite Chef hier. Also jetzt der erste…«

»Und er heißt wirklich Arnold!«, fühlte sich die junge Dame auserkoren Farbe zu bekennen. »Er ist nicht nur eingebildet, sondern auch gebildet. Hat Sportwissenschaft studiert.«

Arnold lachte und trank direkt aus einer Mineralwasserflasche den halben Inhalt leer.

»Wir Trainer haben den Vorteil, uns während der Arbeitszeit fit zu halten. Das nutzen wir selbstverständlich auf das Unverschämteste!«

Fritzi Schuch hatte gegen Smalltalk nichts einzuwenden, aber er war aus einem bestimmten Grund hierhergekommen. Das ließ sich beim besten Willen nicht unter den Tisch kehren.

»Allzu unglücklich scheinen Sie beide nicht über den Tod Ihres Kollegen zu sein. Er wurde mit einigen Messerstichen in die Herzgegend getötet. Hatte nicht die geringste Überlebenschance. Wer kann einen solchen Hass auf ihn gehabt haben?«

Arnold schien nachzudenken. Dafür antwortete seine Kollegin, die sich dem Gruppeninspektor nicht vorgestellt hatte, umso rascher.

»Er war ein Arschloch. Ich weiß, man sollte über Tote nichts Schlechtes sagen, aber so war es nun mal. Hat mächtig angegeben, ist mit exklusiven Autos herumgefahren, hat seine diversen Freundinnen belogen und betrogen, immer wieder mal Kundinnen begrabscht, hat die Mitgliedsbeiträge Jahr für Jahr in die Höhe schnellen lassen. Sie müssen wissen: Wir sind jetzt ein Club für die gehobene Mittelklasse und Oberschicht. Bei uns arbeiten nur bestausgebildete Trainer. Martin war auch Ausbilder, hat seine Schäfchen bis aufs Blut schikaniert. Ich kann mir nicht vorstellen, dass ihm wer auch immer eine einzige Träne nachweint.«

Fritzi Schuch nickte, als wäre diese Personenbeschreibung voll und ganz in seinem Sinne. Dennoch wollte er nachhaken, wenn da nicht Arnold einen Satz dazwischen geworfen hätte.

»Der Kerl hat es bunt getrieben.«

Wie sich im Laufe der Befragung herausstellte, gab es sehr viele Menschen, die ein Motiv für den Mord hatten. Frauen und Männer aller Altersklassen.

»Aber an jenem Tag, der sein letzter als Lebender gewesen ist, habe ich ihn nachmittags vor dem Studio mit so einem Wicht quatschen sehen. Der Typ wirkte wie ein Beamter.«

»Den Kleinen meinst du, Arnie? Der kann doch keiner Fliege etwas zuleide tun, so wie er sich an die Wand hat klatschen lassen.«

»Können Sie den Mann genauer beschreiben?«, wandte sich Fritzi Schuch an das ungleiche Trainer-Duo.

»Klar, ein Knilch, kurzes, helles Haar. Trug so einen komischen Anorak, als ob der Winter noch nicht vorbei wäre.«

»Und er ist eigentlich recht hübsch, der Bengel«, fügte die schöne Fitnesstrainerin hinzu.

Fritzi Schuch nahm dann die Personalien der Befragten auf. Sabine Durst hieß die junge Dame. Arnold Schwarz der Muskelprotz. Das Egger-Bier hätte in beide Namen gut eingepasst werden können, damit ist aber auch schon Schluss mit nicht versteckter Werbung.

Da der Todeszeitpunkt von Martin Winkelsteher bereits feststand, konnte sich der Gruppeninspektor zwei lupenreine Alibis auftischen lassen. Erst in seinem Dienstwagen keimte in ihm ein Verdacht auf, wer der geheimnisvolle Knilch sein konnte, mit dem der Ermordete zu Lebzeiten womöglich in seiner letzten Stunde zu tun hatte.

Ferdinand Hunter saß mit übereinander geschlagenen Beinen in einem Korbsessel. Er sinnierte darüber nach, wie er die richtigen Worte finden konnte. Schließlich galt es, die Sache nicht zu übertreiben. Er bedauerte, dass Kneiffer zuviel wusste. Alfred hatte ihm mehr erzählt, als ihm gut tat. Trixi und Kneiffer saßen gefesselt nebeneinander. Ihre Münder waren mit Klebebändern versehen. Ferdinand Hunter wollte jetzt nicht, dass sie was auch immer sagten. Sie sollten ihm zuhören, sonst nichts.

»Ihr braucht euch nicht um euer Leben zu sorgen, meine Turteltäubchen. Ich werde euch nicht opfern, dafür gibt es andere Kandidaten. Aber ihr müsst weg, das versteht ihr sicher. Hier werdet ihr nicht mehr lange bleiben. Das euch zugedachte Häuschen ist ein wunderbarer Traum. Ihr werdet Teil einer großen Idee sein. Es wird keinen Zweck haben, verschwinden zu wollen. Hinter den Mauern lauert die gefährliche Welt. Frank und ich werden den Teufel töten, das ist unser oberstes Ziel. Wir erschaffen eine neue, friedfertige Welt. Ohne Opfer geht es nicht, also werden einige Jungfrauen daran glauben müssen. Wir haben genug von den Heuchlern, den Predigern wider Gott. Das Leben könnte so herrlich sein auf dieser Erde. Warum das Paradies verleugnen? Wenn ihr brav seid, dann bringt euch Frank nachher etwas zu essen und zu trinken. Schließlich soll euch nichts Unvorhergesehenes geschehen.«

Ferdinand Hunter stand auf und öffnete die Tür, vor der Frank schon wartete.

»Ist das nicht des Guten zuviel, Ferdl? Der Mann ist Ex-Chefinspektor. Seine Kollegen werden alles daran setzen, ihn zu finden.«

»Ach, mach dir darüber keine Sorgen.« Ferdinand Hunter drückte Frank einen Bruderkuss auf die Wange. »Die wissen sicher noch gar nicht, dass er weg ist. Er ist ein freier Mann, könnte auf Urlaub gefahren sein. Möglicherweise verdächtigen sie ihn sogar, diesen Unbekannten erstochen zu haben...«

Frank legte Ferdinand beide Hände auf die Schultern. »Na eben, dann werden sie ihn erst recht suchen! Ich weiß nicht, ob ich da noch weiter mitmachen kann, verstehst du? Der Bauernhof ist ja nicht heiliges Gebiet. Sie werden uns auf die Spur kommen...«

»Nicht heiliges Gebiet? Nicht h – e – i – l – i – g – e – s Gebiet? Was sagst du da, du untreue Seele?« Ferdinand Hunter holte eine Spritze aus der Hosentasche.

»Soll ich das gleiche machen wie bei meinem Bruder? Das Gift lässt sich nach wenigen Stunden nicht mehr nachweisen, und es wird so aussehen, als hätten dich von jetzt auf gleich sämtliche Lebensgeister verlassen! Du hast nur die Wahl zwischen deinem Tod mit anschließender Hölle oder einen wichtigen Auftrag zu erfüllen, bis du in ferner Zukunft den Himmel ansteuerst! Also?« Ferdinand Hunter hielt Frank die Spritze an den Hals.

»Ist schon gut, scheiße! Ist schon gut! Wir werden das Mädchen töten und morgen Trixi und Kneiffer zum Obersten bringen. Denen wird nichts anderes übrig bleiben, als unsere Befehle zu befolgen.«

»Immer noch meine Befehle, Frank! Du vergisst, mit wem du es zu tun hast. Ich kann dich jederzeit auslöschen, wenn ich der Auffassung bin, dass du das große Ziel nicht mehr im Blick hast!« Ferdinand zog die Spritze zurück. Frank atmete hörbar auf.

»Verzeihung, großer Meister, Verzeihung! Wir werden bald die Früchte ernten!«, stammelte Frank.

»So ist es besser«, war Ferdinand zufrieden mit seinem Lakaien. «Trixi und Edi sollen es gut bei uns haben. Bereite ihnen ein schönes Abendessen zu, kochen kannst du ja gut, wenn du auch sonst etwas schwer von Begriff bist.«

Ferdinand Hunter glaubte daran, kurz vor dem endgültigen Durchbruch zu stehen. Das wahre Christentum würde die schleichende Gefahr abtöten, und die Menschheit vom falschen Glauben erlösen. Endlich.

Eduard Kneiffer hatte mehrere Stunden gegrübelt. Er war sich nicht darüber im Klaren, warum ihm Redefreiheit zugestanden wurde, seiner Mitgefangenen Trixi Hunter jedoch nicht. Da fiel es ihm wie Schuppen von den Augen.

»Sie könnten mir etwas erzählen, was ich nicht wissen darf, Frau Hunter! Verzeihen Sie, dass ich so lange auf der Leitung gestanden bin. Ein Nicken Ihrerseits reicht, um mir meiner Sache gewiss zu sein.« Trixi Hunter nickte.

»Nun ja, ein Frage- und Antwortspiel wird nur bedingt hilfreich sein. Aber ich vermute mal stark, dass es etwas mit dem Bruder von Ferdinand zu tun hat? Da Ihr Nicken zögerlich kam, womöglich mit beiden Brüdern?« Trixi Hunter nickte energisch.

»Dass ich das noch erleben darf«, sagte der Ex-Chefinspektor und träumte davon, ein letztes Mal einen großen kriminalistischen Fall sozusagen im Alleingang zu lösen. Allerdings war da die Kleinigkeit seiner Wegsperrung. Er wollte die Lorbeeren öffentlich ernten, es geziemte sich einfach nicht, sie ins Grab mitzunehmen!

»Die beiden Brüder verbindet etwas. Ferdinand Hunter ist seinem Bruder auf die Schliche gekommen oder umgekehrt. Es war nicht zu vermeiden, dass er seinen Bruder opfern musste. Liege ich damit richtig?« Trixi Hunter nickte.

»Einfach nachdenken ist immer das Beste. Da vergeude ich mein halbes Leben lang damit, irgendwelche Unsinnigkeiten zu denken. Das Gute liegt so nahe. Der Tote wurde auf dem Zentralfriedhof aufgefunden. Gehe ich recht in der Annahme, dass das Motiv irgendetwas mit dem Zentralfriedhof zu tun hat?« Eduard Kneiffer fühlte sich so leicht wie ein Vogel, auch wenn ihm jetzt die Flügel gestutzt waren. Das Nicken von Trixi ließ Hoffnung in ihm aufkeimen.

»Wissen Sie, liebe Trixi. Ich liebe den Zentralfriedhof, flaniere dort täglich. Früher waren mir Friedhöfe so etwas von egal. Aber seit dem Tod von Linda... Sie müssen wissen, dass sie meine große

Liebe gewesen ist. Und ich pilgere Tag für Tag zu ihrer Grabstätte. Schelten Sie mich einen Schelm, aber in unmittelbarer Nähe zu Linda habe ich mir schon meine eigene Grabstätte zugelegt. Wenn ich mal nicht mehr bin... Verzeihen Sie, wir beide werden noch ein langes, wunderbares Leben führen, das ist gewiss wie das Amen im Gebet. Ach, und ich träume davon, einen Krimi zu schreiben und welche Örtlichkeit würde besser passen als der Zentralfriedhof? Dieser Autor hat mich im Stich gelassen... Meine Vergesslichkeit könnte mir andererseits auch einen Streich gespielt haben. Wie immer es sein mag: Was mir in diesen Stunden der Gefangenschaft Trost gibt, sind meine inneren Bilder vom Zentralfriedhof.« Trixi Hunter schloss die Augen. Kneiffer glaubte, sie höre ihm andächtig zu.

»Ich kenne das Areal zu einem gewissen Teil auswendig. Manche Gräber und Grabinschriften sind mir bestens vertraut. Und was ich so fantastisch finde: Der Zentralfriedhof kennt keine konfessionellen Grenzen. Neben Katholiken sind dort Orthodoxe, Buddhisten, Muslime und Juden begraben. Sie alle waren einmal Teil der Welt so wie Sie und ich! Wir gehören alle zusammen. Das denke ich mir oft, wenn ich so meine Wege auf dem Zentralfriedhof abgehe. Ich hoffe nur, dass ich Sie mit meinen Worten nicht langweile?« Trixi Hunter reagierte nicht.

»Frau Hunter? Ist etwas mit Ihnen?« Eduard Kneiffer schrie so laut er konnte um Hilfe. Es dauerte wenige Sekunden, bis Frank die Tür zum Verlies aufschloss und Eduard Kneiffer mit zornigem Blick inspizierte.

»Schreien Sie nicht so, Kneiffer! Es kann Sie kilometerweit niemand hören! Und glauben Sie nicht, wir wären auf der Nudelsuppe dahergeschwommen. Jedes Wort von Ihnen haben wir aufgezeichnet. Wir haben nicht nur eine Kamera, sondern auch kleine Mikrofone installiert. Sie haben den Meister mit Ihrem Gefasel über den Zentralfriedhof erzürnt. Orthodoxe, Buddhisten und Juden nebst Katholiken in Eintracht begraben! Ja, ist das nicht ein Skandal, frage ich Sie? Ist das für einen wahren Christen nicht ein Unding?« Frank unterband eine Entgegnung Kneiffers, indem er dessen Mund verklebte.

»Wir haben genug gehört! Genug, um uns ein Bild zu machen. Trixi, die saubere Schwägerin...« Erst jetzt fiel Frank auf, dass Trixi schlaff im Sessel saß. Ihre Augen nach wie vor geschlossen. Er verließ kurz den Raum, um dann mit Ferdinand Hunter und einem Kübel Wasser wieder aufzutauchen. Der Meister Ferdinand höchstpersönlich übergoss Trixi Hunters Kopf mit eiskaltem Wasser, sodass die Dame aufschrie.

»Die haben wir schnell aus ihrer Ohnmacht geholt«, triumphierte Ferdinand Hunter. »So einfach wegsterben wird sie uns nicht. Schließlich sind wir ja keine Unmenschen und werden euch Turteltäubchen bald eine Mahlzeit zubereiten, die euch unsere Gutmütigkeit und Friedfertigkeit beweist. Ihr sollt es nicht schlecht haben bei uns! Wir werden euch bewachen, wenn euch menschliche Bedürfnisse treiben. Ohne dich, Ex-Chefinspektor Kneiffer, hätte Trixi bei uns ein wunderbares Leben und bräuchte nicht gefesselt und mit verklebtem Mund die Tage zählen, bis wir zur Zentrale der wahren Christen fahren. Du hast ihre missliche Lage zu verantworten, du Kretin! Warum mischt du dich auch in fremde Angelegenheiten, kannst deine Kriminalisten-Seele nicht unterdrücken? Oh ja, wir wissen, welche Erfolge du in der Vergangenheit gehabt hast. Die kniffligsten Morde hast du aufgeklärt, doch damit ist endgültig Schluss! Dein restliches Leben wirst du gemeinsam mit uns verbringen, und jeder deiner Schritte wird vom großen Bruder beobachtet! Nichts entgeht uns, Kneiffer! Du wirst schon noch zum wahren Christen werden! Wem interessieren schon die anderen Pseudo-Religionen? Ich verspreche dir, dass du es nicht bereuen wirst, unserer Gemeinschaft zugehörig zu sein! Aber nicht, dass du glaubst, ich hätte meinen Bruder umgebracht, weil er die Bewegung der wahren Christen gefährdete! Nein, das hat damit nichts zu tun. Er wusste nicht mal von unserer Bewegung. Wir waren uns fremd geworden in den letzten Jahren. Alfred mit seiner ewigen Gutmenschen-Masche ist mir so etwas auf den...« Ferdinand Hunter stellte sich vor Trixi Hunter und tätschelte ihr die Wange.

»Mit dir hat Alfred eine gute Partie gemacht und wusste es nicht einmal. Seine angeblich hintergründigen Reportagen waren ihm wichtiger. Nun ja«, wandte er sich wieder an Kneiffer, «vielleicht erzähle ich dir ja mal, was Trixi längst weiß. Aber vorläufig seid ihr beide zum Schweigen verurteilt. Auch wenn das manchen Frauen schwer fallen soll.« Ferdinand Hunter zog einen imaginären Hut und verließ den Raum.

Wenig später brachte Frank das Essen und eine Kanne mit Leitungswasser. Während der Mahlzeit ließ er Trixi und Eduard nicht aus den Augen.

»Wenn du auch nur ein Wort sagst«, drohte der finstere Geselle Trixi immer wieder. Und Trixi brach dieses Gebot des wahren Christen nicht.

»Wir sind allen anderen überlegen«, sagte Frank, bevor er Eduard und Trixi wieder die Hände fesselte und die Münder verklebte. »Das wahre Christentum wird über die Erde hinweg ziehen und niemand wird uns widerstehen können! Dieses ganze Pack, das pseudo-religiös daherkommt, wird dem nichts entgegen zu setzen haben. Und diese Muslime, diese Juden, diese Buddhisten! Denen wird es eine Freude sein, endlich dem Irrsinn religiöser Verblendung zu entgehen und uns die Ehre zu erweisen. Alle werden sie uns dankbar sein, alle!«

»Wenn ihr euch nur nicht täuscht. Ihr Sektenbrüder werdet alle in der Hölle schmoren, wenn das höchste Gericht über euch geurteilt hat.« Eduard Kneiffer nutzte die Gunst der Minute, ehe er wieder zum Schweigen gebracht wurde.

»Du hast ja keine Ahnung, Eduard Kneiffer! Weißt nicht im Geringsten, wie sehr sie das wahre Christentum zu vernichten begehren! Insbesondere die Muslime, die nicht nur Österreich verunsichern. Sie haben den Juden den Rang abgelaufen. Aber sie alle, Muslime, Juden und Buddhisten, werden mit Freuden konvertieren, wenn sie erst verstanden haben, welche Kraft ein wahrer Christ verströmen kann! Da kannst du noch so sehr grinsen, Kneiffer…« Eduard Kneiffer verging sein Grinsen nicht einmal, als sein Mund längst wieder verklebt war. Er wusste einiges, und hatte das Gefühl, dass er diesen Wahnsinn überleben würde. So wahr ihm der Gott, an den er zu glauben begann, half.

Zehn

Die ständigen Anrufe gingen Wendelin Wurm auf die Nerven. Mal war es Belinda Winter, mal Fritzi Schuch, die sich nach seinem Befinden erkundigten. Er hätte sich über das Mitgefühl seiner Kollegen freuen können, doch das war angesichts seiner Situation nicht unbedingt angebracht. Als sein Handy zum x-ten Mal einen klassischen Klingelton hervorbrachte, nahm er den Anruf entgegen, ohne auf das Display zu schauen.

»Ich weiß ja, dass ihr euch Gedanken über meinen Gesundheitszustand macht. Aber mir geht es von Stunde zu Stunde besser.«

»Das ist fein«, sagte eine Wendelin Wurm unbekannte Stimme. »Wer krank ist, sollte sich gründlich auskurieren oder zum Seelenklempner gehen.«

»Verzeihen Sie«, entschuldigte sich Wendelin pflichtgemäß. »Ich dachte, Sie wären wer anderer. Wer sind Sie, wenn ich fragen darf?«

Der Anrufer lachte herzhaft. »Sind Sie Herr Wurm?", fragte er, nachdem er sich etwas beruhigt hatte.

»Ja, der bin ich.«

»Schön, schön, das freut mich. Ich will Ihnen nur eines sagen: Ich weiß, was Sie gemacht haben.«

Wendelin Wurm glaubte, der Angstschweiß würde ihm ausbrechen. Er schloss auch einen weiteren Fieberschub nicht aus. Was zum Teufel hatte das zu bedeuten?

»Sie wissen, was ich gemacht habe?« Der Praktikant wollte überrascht klingen.

»Tun Sie nicht so, als wüssten Sie nicht, wovon ich spreche. Natürlich geht es um den Mord, den Sie verübt haben! Kaltblütig, mit gezielten Messerstichen. Der Mann hatte keine Chance!« Einige Sekunden blieb es still in der Leitung. Wendelin Wurm brachte dann nur ein Krächzen zustande.

»Sie haben…«

»…den Mord beobachtet, ja. Ich wusste, dass Sie sich mit diesem schmierigen Kerl treffen. Der Ablageort für den Toten war allerdings nicht gut gewählt. Ich musste ihn an einen adäquaten Ort bringen.«

Wendelin Wurm fand seine Stimme so schnell nicht wieder. Er stammelte, nuschelte, räusperte sich, gab sich schließlich selbst eine Ohrfeige, als glaube er zu träumen. Der Anrufer war kein Produkt seiner Fantasie, er war so echt wie der Mensch, den er ermordet hatte.

»Ich will Sie gar nicht verunsichern. Wenn Sie Ihren Frieden wieder finden wollen, gebe ich Ihnen eine Adresse bekannt, das ist alles. Sie haben den falschen Weg gewählt, und befinden sich nunmehr in einer Sackgasse. Der Teufel hat Ihnen die Sicht auf die Wahrheit verstellt. Der Zentralfriedhof ist ein heiliger Ort. Die vielen Gräber geben Zeugnis über die Einzigartigkeit des Lebens. Sie können stundenlang spazieren gehen, und jedes Grab, das Sie näher betrachten, wird Ihnen eine andere Geschichte erzählen. Ich kenne eine enorme Anzahl an Gräbern. Sie werden sich fragen, warum ich Ihnen das erzähle. Gut, hier ist meine Antwort: Dieser Martin Winkelsteher war kein guter Mensch. Aber finden Sie nicht, dass jeder Mensch eine zweite Chance verdient hat? Wenn er schon im Leben nur ein riesiges Sündenregister angelegt hat, soll er im Tode die Möglichkeit bekommen, zu bereuen. Die geweihte Erde, auf welcher der Zentralfriedhof angelegt worden ist, wird ihn aufnehmen. Nur an diesem fantastischen Ort darf er begraben werden! Sonst wird er nie seinen Frieden finden, verstehen Sie?«

Wendelin Wurm verstand überhaupt nichts. Er stand vielmehr auf der Leitung. Was wollte dieser Irre eigentlich?

»Ich bin kein Unmensch«, meldete sich der Anrufer auch schon wieder zu Wort. »Kommen Sie zur Adresse, die ich Ihnen mitteile, und widersetzen Sie sich nicht dem Ruf der Engel!«

Die Adresse außerhalb von Wien sagte Wendelin Wurm überhaupt nichts. Es dauerte einige Sekunden, bis er bemerkte, dass der Anrufer die Verbindung beendet hatte. Sollte er dem Irren Glauben schenken und zum vereinbarten Treffpunkt kommen? Oder lieber abwarten, ob er Opfer eines üblen Streichs geworden war? Andererseits war dieser Mensch ein Zeuge seines Mordes, und da konnte er nicht einfach so tun, als handle es sich um einen Irrtum. Wer immer dieser Mensch war, er hatte ihn in der Hand! Warum war Martin Winkelsteher auch so plötzlich in sein Leben zurückgekehrt? Wäre er damals nur an der richtigen Straßenbahnstation ausgestiegen, dann wäre das alles nicht passiert. Doch was geschieht, lässt sich nicht ändern. Er war Praktikant bei der Kriminalpolizei, der seinen Kollegen die Aufklärung seines Mordes leicht machen sollte. Wobei Mord, Mord… Notwehr war es, nichts anderes. Winkelsteher war ihm in die Quere gekommen, hatte die vergessen geglaubten Gespenster der Kindheit wieder zum Vorschein gebracht. Und von einer Sekunde auf die andere war sein Leben aus den Fugen geraten. Er war einer von denen, auf die mit dem Finger gezeigt werden wird. Ein Mörder, einer, der kein Recht darauf hatte, ein angenehmes Leben zu führen. Büssen mussten solche Menschen wie er, schwer büssen! Der Anrufer hatte von heiligem Boden gesprochen. Was immer das zu bedeuten hatte, er fühlte sich enttarnt. Von einem üblen Streich konnte unmöglich die Rede sein. Dieser Mensch wusste, was er tat. Wendelin Wurm fiel in sein Bett zurück. Es wäre ihm am liebsten gewesen, wenn er nie wieder aufstehen hätte müssen. Diese Gnade wurde ihm jedoch nicht gewährt. Damit wird kein Geheimnis verraten, sondern der Spannungsbogen endgültig ad absurdum geführt.

Fritzi Schuch und Belinda Winter führten die Befragung von

Jürgen Heimlich gemeinsam durch. Wenn es um ihren Ex-Chef Eduard Kneiffer ging, galt es zusammen zu halten. In den letzten Monaten war es zunehmend zu Differenzen zwischen der Chefinspektorin und dem Gruppeninspektor gekommen. Es ging meist um Kleinigkeiten, scheinbar unbedeutende Dinge. Doch das änderte nichts an den Gehässigkeiten, die von den beiden ausgingen. Seit ihr Ex-Chef den toten Alfred Hunter auf dem Zentralfriedhof entdeckt hatte, waren diese Unstimmigkeiten wie von Geisterhand weggewischt.

Jürgen Heimlich war die Anspannung anzusehen. Er schaute sich mit ängstlichem Blick im Büro um.

»Ich stehe doch nicht etwa in Verdacht, etwas mit dem Mord an Martin Winkelsteher zu tun zu haben?«, murmelte der Autor eines Büchleins über den Zentralfriedhof.

»Nicht dass wir wüssten, außer Sie bestehen darauf«, versuchte Fritzi Schuch dem jung wirkenden Mann mit dichtem, angegrautem Haar die Unsicherheit zu nehmen. »Wir haben mit Ihnen ja schon mehrmals gesprochen, aber heute geht es ausschließlich um unseren Ex-Chef. Er hatte ja das zweifelhafte Vergnügen, die erste Leiche auf dem Zentralfriedhof zu finden, die nicht ordnungsgemäß in einem unter der Erde befindlichen Sarg ihr tot sein fristete. Wie wir wissen, hatten Sie Kontakt zu ihm. Es mag ein merkwürdiger Zufall sein, dass ausgerechnet sie beide die Toten entdeckt haben. Der Autor und der Ex-Chefinspektor, der gerne Autor sein möchte. Und dann wollten Sie sich auch noch auf dem Zentralfriedhof treffen und über ein Buchprojekt philosophieren.«

»Ich habe mich gewundert, dass er nicht zum vereinbarten Treffpunkt gekommen ist. Schließlich war er Feuer und Flamme für den Krimi. Ich weiß ja gar nicht, ob ich ihm überhaupt helfen könnte, sein Romanprojekt zu verwirklichen, doch mit einem Ex-Chefinspektor sozusagen eine Arbeitsbeziehung zu bestreiten erschien mir erstrebenswert.«

»Können Sie sich vorstellen, was mit Eduard Kneiffer passiert ist oder wo er sich jetzt aufhält?«, mengte sich Belinda Winter in die Befragung ein.

»Da fragen Sie den Falschen. Ich kenne Herrn Kneiffer ja erst kurz. Wenngleich…«

»Wenngleich?«, fragten Belinda und Fritzi wie aus einer Kehle.

»Wenngleich er sehr interessiert am Zentralfriedhof und seiner Geschichte ist. Selbiges trifft ja auch auf Mordopfer Nummer 1, Herrn Hunter zu. Wenn wir eins und eins zusammen zählen… Er soll ja mit dem Bruder von Alfred, diesem Ferdinand, eine Freundschaft pflegen.«

»Ferdinand Hunter…«, sagte Fritzi Schuch und schrieb den Namen auf ein Kärtchen, das er vor sich auf den Schreibtisch legte. Er holte ein paar weitere Kärtchen aus der untersten Lade seines Schreibtisches und platzierte den kleinen Stoß neben das einzelne Kärtchen.

»Macht irgendwie Sinn. Ferdinand Hunter steht in Bezug zu all den Menschen, dessen Namen auf diesen Kärtchen stehen. Einzig und allein Martin Winkelsteher passt da nicht hinein. Aber möglicherweise hat er ihn auch gar nicht getötet…«

»Sie meinen also, dass Ferdinand…«, sagte Jürgen Heimlich und sein Erstaunen, vielleicht einen entscheidenden Hinweis gegeben zu haben, verlieh seiner Stimme Flügel, die nunmehr lauter und deutlicher klang.

»Ja, Ferdinand hat irgendetwas nicht gepasst. Das Motiv bleibt im Dunkeln, doch als Täter ist er ziemlich wahrscheinlich. Und wenn Edi da etwas herausgefunden hat, was er nicht hätte herausfinden sollen…«

»Kommen Sie mit«, sagte Belinda Winter und blinzelte dem Autor zu. »Wir haben heute noch etwas zu erledigen.«

Die Hoffnung war wie eine Stinkbombe zerplatzt. Eduard Kneiffer glaubte nicht mehr daran, aus der Sache lebend heraus zu kommen. Er sprach nicht einmal mehr mit Trixi Hunter, deren Mund nach wie vor verklebt war. An diesem traurigen Tag hätte er sich die Ohren zugehalten, wenn es möglich gewesen wäre. Der Schrei war so durchdringend, so schrecklich. Nie zuvor hatte Kneiffer einen Menschen so schreien hören. Todesangst, einen anderen Grund konnte es dafür nicht geben. Wer einen Menschen umbringt, dem fällt es nicht schwer, weitere Menschen umzubringen. Das wusste er aus Erfahrung. Als nun die Tür aufgesperrt wurde, sah sich Eduard Kneiffer schon tot in seinem eigenen Blut liegen.

Frank stolperte wie in Trance in den Raum. Er zitterte so stark, dass es ihm schwer fiel, die Fesseln durchzuschneiden.

»Das ist alles... so irrsinnig. Er hat sie... Einfach so... Diese blödsinnige Idee...«

Frank stammelte vor sich hin. Endlich schaffte er es, die Gefangenen von ihren Fesseln zu befreien.

»Wir müssen abhauen. So schnell es geht«, sagte Trixi Hunter, deren Stimmvolumen durch das lange erzwungene Schweigen intensiver als gewünscht ausfiel.

»Leise, leise!« Kneiffer und Trixi gingen langsam auf die Tür zu, die sie in die Freiheit führen sollte. Frank war gerade dabei, sie zu öffnen, als sie mit Karacho aufgerissen wurde. Ferdinand Hunter hielt eine Pistole in der Hand. Sein Gesichtsausdruck verriet, dass ihm nicht der Sinn nach Verhandlungen stand.

»Du verdammte Kröte!«, schrie er Frank an. »Da füttere ich dich durch, hole dich aus deiner Isolation, und dann dankst du mir das auf diese unverschämte Art und Weise! Hast du noch etwas zu sagen, bevor ich dich liquidiere?«

Frank mimte einen unschuldigen Gesichtsausdruck. »Ich konnte nicht anders, Ferdl! Als ich sah, wie du Valerie... Verstehst du, was soll das für einen Sinn haben, ein so junges Mädchen zu opfern? Sie war ja noch ein Kind!«

Ferdinand Hunter zog seine Augenbrauen hoch, und begann zu lachen. Erst noch ein wenig unterdrückt, dann aus voller Kehle. Schließlich war er wieder gefasst.

»Du hast gewusst, auf was du dich einlässt. Solche Frauen wie Valerie verdienen es nicht anders. Wenn wir nicht handeln, wird sich nie etwas ändern. Die Übermacht dieser Feinde des Systems wird immer stärker.« Er schoss und Frank fiel getroffen zu Boden, wo er sich vor Schmerzen krümmte.

»Du wirst nicht mitkommen«, schrie Ferdinand Hunter und positionierte die Waffe an der Schläfe von Frank.

»Tu das nicht«, versuchte Eduard Kneiffer einzugreifen. »Es reicht schon, dass du deinen Bruder umgebracht hast.«

»Ach herrje, der ehemalige Chefermittler! Du bist ein ganz Gescheiter, wie? Hast die Weisheit mit dem Löffel gefressen!« Ferdinand Hunter drückte ab, und einige Sekunden lang war es vollkommen still.

»Und ihr Turteltäubchen kommt jetzt mit! Meine Getreuen sind in der Zentrale und wir werden ihnen folgen. Die wahren Christen streben die Weltherrschaft an, nicht mehr und nicht weniger. Die Ausbreitung falscher Religionen kann nicht länger hingenommen werden. Islam und Judentum, Buddhismus, Hinduismus. Alles Unsinn! Und die ganzen Splittergruppierungen. Die werden alle noch merken, wie wahre Christen handeln. Die Wahrheit wird sie alle frei machen.« Ferdinand Hunter richtete die Pistole auf Kneiffer und ging mit dem alternden Ex-Chefinspektor und seiner Schwägerin ins Freie. Gerade in diesem Moment sah er ein Auto auf den Bauernhof zufahren. »Verdammt«, murmelte er und verschanzte sich schließlich zusammen mit seinen Gefangenen in der hübschen Bauernstube.

Belinda Winter wollte nichts mehr hören, doch ihr Kollege, der Herr Gruppeninspektor Fritzi Schuch redete wie ein Wasserfall.

Mit dem Fall hatte das gar nichts zu tun. Auf dem Rücksitz schwieg währenddessen Jürgen Heimlich, der Krimi-Schreiber jenseits jeglicher Realitätsbezüge, vor sich hin, und machte nicht einmal den Versuch, den Wortschwall zu kommentieren. Endlich hatte die Fahrt ein vorläufiges Ende. Fritzi Schuch parkte den Wagen hinter einem Gebüsch mindestens 100 Meter vom Bauernhof entfernt.

»Das gibt es doch nicht!«, sagte Belinda Winter und die Überraschung war keineswegs gespielt. In unmittelbarer Nähe versuchte sich Wendelin Wurm vor ihnen unsichtbar zu machen. Ein Kunststück, das ihm kräftig misslang.

»Was machst denn du hier?«, wandte sich der Gruppeninspektor geradeheraus an den Praktikanten.

»Sch… Was soll ich sagen. Ich, ich… Wurde herbestellt.«

»Herbestellt, aha«, verließ endlich der Autor kurzfristig seinen Elfenbeinturm. »Hat Sie Ferdinand Hunter höchstpersönlich an diesen Ort gelockt?«

Wendelin Wurm machte einen ratlosen Eindruck. Er schaute von einem zur anderen.

»Unser Autor wäre als Praktikant ohne weiters zu gebrauchen, nicht wahr Fritzi?« Belinda Winter zeigte auf das Bauernhaus. »Der Mann ist gefährlich. Ferdinand Hunter hat seinen Bruder umgebracht, davon ist mal auszugehen. Wie das mit dem Fall Winkelsteher zu tun hat wissen wir noch nicht. Aber wir befürchten, dass unser hochgeschätzter Ex-Chef Eduard Kneiffer auf diesem Gelände festgehalten wird. Wenn er in Gesellschaft von Trixi Hunter seine Gefangenschaft besser erträgt, haben wir dagegen nichts einzuwenden.«

Wendelin Wurm nickte anerkennend. »Dann wisst ihr also schon alles. Ich brauche euch gar nichts mehr zu erzählen. Mit der Schuld hätte ich sowieso nicht leben können…«

Fritzi Schuch verschränkte die Arme und schaute Wendelin Wurm tief in die in Mitleidenschaft gezogene Seele.

»Ja, ich gebe es zu. Winkelsteher war ein Ex-Schulkollege, den ich kürzlich in der Straßenbahn getroffen habe. Absurderweise kurz vor meiner Befragung von Frau Simmel. Er hat mich in den Prater gelockt, mich tätlich angegriffen.«

»Es war also Notwehr, Wendelin?«, schaltete sich Belinda Winter ein. »Du musstest dich gegen einen stärkeren Gegner mit einem Messer zur Wehr setzen?«

»Verzeihung, dass ich euer kleines Gespräch unterbreche, doch ich glaube, da drüben hat sich der Vorhang bewegt!« Jürgen Heimlich machte einen Schritt vorwärts.

»Vorsicht, Mensch, wir sind hier in keinem Kriminalroman!«, platzte es aus Fritzi Schuch heraus. »Sie können nicht einfach so Richtung Bauernhof gehen und Edi befreien.«

»Hatte ich nicht vor, Herr Gruppeninspektor. Aber dieses Gesicht machte einen ängstlichen Eindruck. Dem sollten wir auf den Grund gehen.«

»Alle Achtung, was Sie aus dieser Entfernung erkennen, Herr Heimlich«, sagte Belinda Winter anerkennend. »Ich sehe von hier aus gar nichts. Ein verlassener Bauernhof, sonst nichts…«

»Nein, nein, der Autor hat schon recht. Ich bin ja schon länger da, und unser Ex-Chef hat sich kurzfristig von einem Mann mit gezückter Pistole bedroht auf dem Gelände gezeigt. Im Schlepptau eine Frau, und der Mann mit der Pistole ein hässlicher Mann mit Halbglatze um die 45.« Wendelin Wurm hatte alles gesagt, was es zu sagen gab. Er wollte kehrtmachen und die Geschichte von seiner Warte aus gesehen beenden. Doch der Autor konnte das nicht zulassen.

»Es ist noch nicht vorbei, Herr Wurm! Eine Geschichte ist erst dann zu Ende, wenn der Autor davon überzeugt ist. Der Mann da drin muss dingfest gemacht werden. Er hat ein Menschenleben auf dem Gewissen. Und Eduard Kneiffer soll sich noch viele Jahre daran erfreuen, seine eigene Grabstelle auf dem wunderbaren Zentralfriedhof zu besuchen, ohne zu den Untoten zu zählen.«

Da schrie eine Frau. Es war ein gellender Schrei, auf den Stille folgte. Fritzi Schuch zog sein Handy aus der Tasche, rief das Sonderkommando an, und keine zehn Minuten später war die Einheit auch schon zur Stelle. Zu dritt hätten sie gegen einen Wahnsinnigen nichts ausrichten können, der zwei Geiseln in Angst und Schrecken versetzt. Der Einsatzleiter wendete sich vertrauensvoll an Wendelin Wurm. »Wann sollen wir die Aktion starten?«

»Lassen Sie den Praktikanten in Ruhe. Hier weht der Wind!«, sagte Fritzi Schuch verärgert und zeigte zum Bauernhaus. »Da drin verschanzt sich ein Mann, der vor wenigen Tagen seinen Bruder umgebracht hat. Es ist also anzunehmen, dass er sich nicht so einfach festnehmen lassen wird. Sie sollen ihn nicht töten, sondern unter Kontrolle halten. Nur im äußersten Fall erteile ich Ihnen den Schießbefehl.« Fritzi Schuch wusste in diesem Moment gar nicht, ob er als einfacher Gruppeninspektor dazu befugt war, einen Schießbefehl zu erteilen. Aber Belinda Winter bekam davon nichts mit, weil sie dabei war, ein Megafon so einzustellen, dass es ordnungsgemäß funktionierte. Jürgen Heimlich beobachtete die Geschehnisse und machte sich auf einem kleinen Notizblock – erraten – Notizen. Offenbar wurde er zu einem Krimiplot inspiriert, was ihm zu diesem Zeitpunkt niemand verübeln konnte.

»Wir wissen, dass Sie da drin sind, Herr Hunter. Geben Sie auf, Sie haben keine Chance, das Hau…, äh Bauernhaus ist umstellt. Begeben Sie sich gemeinsam mit Ihren beiden Geiseln an die frische Luft und vergessen Sie nicht, die Hände zu heben!«

Belinda Winter hatte ausgerechnet jetzt keinen Befehlston auf Lager. Nicht einmal ein Kind, das einen Schokoriegel geklaut hat, hätte sich ergeben. Und es geschah nichts Weltbewegendes. Die mutmaßlichen drei Personen im Bauernhof ließen sich nicht blicken.

»Lassen Sie den Quatsch, Hunter! Sie sind ein schlechter Verlierer, haben irgendetwas auf dem Kerbholz, das auf keinen Fall aufgedeckt werden soll. Darum dieses Theater! Wollen Sie sich auf offener Bühne erschießen lassen, oder wie? Applaus ist Ihnen gewiss, wenn Sie die Flinte ins Korn werfen und mit erhobenen Händen den Weg ins Freie suchen. Ihre Geiseln können Sie bei der Gelegenheit frei lassen.« Nicht der Autor sprach diese Worte, sondern Fritzi Schuch. Er wurde zwischendurch nur ein wenig von Jürgen Heimlich unterstützt. Wendelin Wurm wollte kein Spielverderber sein, und riss das Megafon an sich.

»Sie haben mich angerufen und hierhergelockt. Ich stehe vor Ihnen, gestehe unverblümt die Tötung von Martin Winkelsteher, einem zu Lebzeiten schrecklichen Menschen. Warum sind Sie so feige und verstecken sich hinter zwei unschuldigen Menschen? Das Sonderkommando wird sie durchlöchern, dass Sie nicht mal mehr Ihre Mutter erkennen wird. Aus und vorbei, das Spiel ist…«

Ferdinand Hunter öffnete die Tür, und schob Ex-Chefinspektor Eduard Kneiffer mit einer Pistole im Anschlag vor sich her. »Lassen Sie meine Mutter aus dem Spiel! Damit hat alles angefangen. Dass sie Alfred und mich zur Welt brachte. Wir waren ihr nie gut genug, haben ihr immer nur Sorgen gemacht. Und dann bringt der eine Bruder den anderen Bruder um. Wenn sie noch etwas mitbekommen könnte, wäre sie außer sich vor Wut! Aber sie siecht ja nur in diesem Seniorenheim vor sich hin.« Er hatte die ganze Zeit geschrien und zumindest Fritzi Schuch verstand jedes Wort.

»Sie hatten sicher Ihre Gründe, Ihren Bruder zu töten, doch es gibt für uns keinen Grund, Sie zu töten, außer Sie zwingen uns dazu!« Endlich ein halbwegs adäquater Satz, dachte sich der Autor.

Nicht mal das Sonderkommando konnte jenen Vorfall verhindern, der Ferdinand Hunter in das Reich der Toten beförderte. Er schoss sich in den Kopf, nachdem er seinem Publikum den hochgestreckten rechten Daumen präsentiert hatte.

Elf

Eduard Kneiffer bemerkte sofort, dass Ferdinand Hunter tot war. Einige Minuten später war ein Krankenwagen vor Ort, keine Stunde später sorgte die Wiener Bestattung dafür, den Leichnam abzutransportieren. Es war heiß an diesem Frühsommertag, und Trixi Hunter völlig außer sich. Sie plapperte unverständliches Zeug. Fritzi Schuch konnte erst beim siebten Zuhören einige Puzzleteile in das Mosaik einpassen.

Am nächsten Tag kam Trixi Hunter stark geschminkt und mit Sonnenbrille in das Präsidium. Sie brauchte keine Minute zu warten. Fritzi Schuch und Belinda Winter waren ebenso zur Stelle wie Ex-Chefinspektor Eduard Kneiffer.

»Ich hoffe, Ihnen geht es jetzt besser, Frau Hunter, und Sie können Ihre Geschichte endlich los werden?«, sagte Eduard Kneiffer mit für seine Ex-Kollegen ungewohnt sanfter Stimme. »Sie haben mir schon einiges erzählt, doch das Wesentliche mag folgen...«

Trixi Hunter starrte in das Nichts, hatte keinen Blick für die Kriminalisten.

»Was Sie nun präsentiert bekommen, soll keinen Schatten auf meinen getöteten Mann werfen. Er hat etwas getan, was er nicht hätte tun dürfen. Aber so früh aus dem Leben gerissen zu werden...« Sie räusperte sich, ehe sie fortsetzte.

»Alfred war immer darauf stolz, als Journalist einiges aufgedeckt zu haben. Er schlich sich in Führungsetagen multinationaler Konzerne ein, kam mit unbelehrbaren Menschen in Kontakt. Jeder Tag als Journalist war ein schöner Tag für ihn. Billigzeitung hin, Qualitätszeitung her. Er arbeitete darauf hin, das bunte Schiffchen zu verlassen, war im Gespräch für einen ausgezeichneten Posten als Korrespondent in Deutschland. Doch da kam ihm sein Bruder ins Gehege. Der ambitionierte Ex-Politiker, dem es nicht gelungen war, das bedingungslose Grundeinkommen mehr als nur ins Gespräch im hohen Haus zu bringen, wurde zu seinem eigenen Feind. Auf der einen Seite gründete er einen Verein, der dem wahren Christentum verpflichtet ist, und schnell zur Sekte degenerierte, auf der anderen Seite schrieb er an einem epochalen Werk über den Wiener Zentralfriedhof. Die Arbeit an diesem Werk war schon weit fortgeschritten, als ihm Alfred auf die Schliche kam. Er knackte das Passwort von Ferdinand und entdeckte zahlreiche Dateien, die Hintergründe über den Wiener Zentralfriedhof betrafen. Und das Bildmaterial haute ihn völlig aus den Schuhen! Alles ganz wunderbar, er hätte stolz auf seinen Bruder sein können! Er hatte ihn lange Zeit gedeckt, die Sektengeschichte auf sich beruhen lassen. Alfred wusste, was in dieser merkwürdigen Gemeinschaft passierte, dass dort Frauen geopfert werden sollten.«

Trixi Hunter hielt einen Moment inne, sah erstmals ihrem ehemaligen Mitgefangenen Eduard Kneiffer in die Augen.

»Alfred hat mich eingeweiht. Er erzählte mir davon, dass er selbst seit einigen Jahren an einem Werk über den Zentralfriedhof schreibt. Die beiden Manuskripte ähnelten einander nur bedingt, aber als Ergänzung waren die Texte von Ferdinand gut zu gebrauchen. Wenn da nur nicht dieser Tag gekommen wäre, an dem alles wie ein Kartenhaus zusammen krachte. Alfred hat mir das Verhältnis zu dieser Simmel gebeichtet. Angeblich sollen wir eine offene Ehe geführt haben, was mir neu war, aber, na ja… Jedenfalls hat diese Frau Simmel nach der Beendigung der Liaison mit Alfred Ferdinand haarklein berichtet, was sie von meinem Mann erfahren hatte. Er hatte ihr von seinem Buchprojekt erzählt, und auch davon, dass er einige Passagen von seinem Bruder klauen wolle. Was könnte ihm am Ende nachgewiesen werden? Alfred kannte einige Hacker, und die Datensätze von Ferdinand würden einfach auf Nimmerwiedersehen verschwinden. Eigentlich recht klug gedacht, Alfred wusste nur nicht, dass Ferdinand alles zunächst mit der Hand aufschrieb. Hunderte von Seiten waren bereits handschriftlich verfasst, als er von dem geplanten Coup seines Bruders über

Rosi Simmel brühwarm erfuhr! Ich weiß nicht, wie Ferdinand diese Nachricht konkret aufgenommen hat. Alfred sagte mir noch am Tag seines Todes, dass er sich mit seinem Bruder auf dem Zentralfriedhof treffen werde... Und dort eskalierte...« Trixi Hunter versagte die Stimme. Belinda Winter schlug vor, eine Pause zu machen, wogegen keiner der Beteiligten Protest einlegte.

»Deine Rolle bei der ganzen Geschichte ist mir nicht so ganz klar«, sagte Belinda Winter in Richtung ihres einstmaligen Lebensabschnittsgefährten Eduard Kneiffer.

»Mir auch nicht, keine Sorge«, sagte Kneiffer mit einem Lächeln auf den Lippen. »Ich kenne beide Brüder recht gut, weil sie mir auf dem Zentralfriedhof aufgefallen sind. Wer notiert sich schon Grabinschriften, macht täglich Fotos und ist mehrmals sogar mit einer Videokamera unterwegs? Es war ein erstaunlicher Zufall, dass beide Brüder an einem Buch über den Zentralfriedhof gearbeitet haben. Alfred hatte mir einige Passagen sogar vorgelesen. Ein wahrhaftig erstaunliches Werk! Damit hätte er durchaus die Bestseller-Listen erobern können. Der Wiener Zentralfriedhof in einem neuen Licht! Was für eine großartige Sache! Ferdinand hat mir dann in einer merkwürdigen Mail etwas angedeutet. Da habe ich zwei und zwei zusammen gezählt... Nie hätte ich damit gerechnet, dass er auch noch Sektenführer ist. Ein komischer Kauz vor dem Herrn... Nun, es wäre fast ins Auge gegangen. War schön fahrlässig von mir, euch nicht von meinem Verdacht zu berichten...«

Belinda Winter drückte Kneiffer einen Kuss auf die Wange.

»Es war nur ein Glück, dass uns dieser Autor, den du ja auch kennst, ein paar Gedanken präsentiert hat, die uns der Wahrheit näher gebracht haben.«

»Oh, das kann ich mir gut vorstellen! Dieser Jürgen Heimlich sieht vielleicht harmlos aus, hat es aber faustdick hinter den Ohren. Könnte sogar zum Schnüffler taugen. Wir werden uns sicher noch zusammen setzen, und es ist nicht auszuschließen, dass ich doch noch unter die Krimi-Autoren gehe. Als ehemaliger Chefinspektor gibt es ja genug Material, an dem ich mich orientieren kann. Fehlt nur noch das Spannungselement einzubringen...«

»Ich weiß gar nicht, ob ein Krimi unbedingt spannend sein muss!« Fritzi Schuch beteiligte sich unvermutet am Gespräch. Er hatte sich offensichtlich sein Hemd mit ein wenig Kaffee verunreinigt.

»Also, ich liebe Krimis«, sagte Belinda Winter und machte sich auf den Weg zurück zu Trixi Hunter, die bereit war, ihren Bericht zu Ende zu erzählen.

»Also!«, sagte Eduard Kneiffer, nachdem sich sämtliche Beteiligten wieder versammelt hatten. »Wir sind alle gespannt auf den Fortgang der Geschichte!«

»Geschichte«, murmelte Trixi Hunter, um dann in den folgenden Minuten erstaunlich verständlich die letzten Wahrheiten dieses Falls offen zu legen.

»Als ich davon hörte, dass Alfred tot ist, wusste ich, dass ihn sein Bruder umgebracht hatte. Alles andere war Humbug. Ferdinand hat ihn mit einem Gift getötet, das schon nach wenigen Stunden nicht mehr im Körper nachgewiesen werden kann. Ein perfekter Mord offenbar... Doch da gab es das Motiv. Alfred hatte ihm die Suppe versalzen und das epochale Werk über den Zentralfriedhof herausbringen wollen. In wenigen Monaten wäre es soweit gewesen, ein renommierter Verlag bot Alfred einen Vertrag an, den er nicht abschlagen konnte. Ich habe Ferdinand mit meinem Wissen zu erpressen versucht. Und wie das dann ausgegangen ist, wissen Sie ja... Alles nur wegen diesem verdammten Zentralfriedhof, einem Totenacker...«

Eduard Kneiffer stand mit den Händen in den Hosentaschen im Raum. Er war es, der das einige Sekunden andauernde Schweigen unterbrach.

»Der Zentralfriedhof ist der wunderbarste Ort, den ich kenne!

Aber dass sich zwei Brüder deswegen in die Haare kommen können? Ferdinand und Alfred waren zwei völlig verschiedene Persönlichkeiten. Warum haben sie kein Team gebildet? Der Eine hätte vom Anderen profitiert, und es wäre ein großartiges Werk entstanden, das die literarische Welt in positivem Sinne erschüttert. Stattdessen dieses Gegeneinander, der Kampf um den Platz an der Sonne, was für eine verquirlte...«

Fritzi Schuch legte seinen Zeigefinger an die Lippen. »Wieso Menschen das tun, was sie tun, wird uns in vielen Fällen nicht verständlich sein. Das ändert aber nichts an den Tatsachen. Zwei Menschen sind tot. Wenn es einen Nachlass gibt, bin ich schon gespannt, ob dieses epochale Werk doch noch veröffentlicht wird...«

»Nur nicht in die Nesseln setzen«, warnte ihn Belinda Winter mit einem zynischen Unterton. »Denke nur mal an deine Elvira und ihren talentierten Sohn...«

Damit war die Sachlage vorläufig geklärt. Das Mosaik war einwandfrei. Was fehlte war die Freude der Kriminalisten darüber, diesen Fall bald zu den Akten legen zu können.

Wendelin Wurm hätte mit allem gerechnet, aber nicht damit. Er zitterte innerlich wie Espenlaub, während Fritzi Schuch ihn mit neugierigen Augen musterte.

» Du warst in einer Extremsituation, musstest dich wehren. Du bist angehender Kriminalist, hast die besten Voraussetzungen, Karriere zu machen. Dieser Winkelsteher war ein übler Bursche, hat zwielichtige Geschäfte gemacht. Wenn du mich fragst, war sein früher Tod vorhersehbar. Ein Mensch, der sich so oft nicht unter Kontrolle hat...«

Wendelin wusste darauf nichts zu antworten. Er saß wie versteinert da, wagte es nicht einmal, den Gruppeninspektor anzusehen.

»So mach mal einen heiteren Gesichtsausdruck. Wir werden den Fall abschließen. Es gibt keinen Grund, dich in Untersuchungshaft zu stecken. Ferdinand Hunter hat unserem Ex-Kollegen auch noch geflüstert, dass er den Kampf zwischen diesem Burschen und dir beobachtet hat. Aus seiner Sicht hättest du schwere Prügel einstecken müssen, wenn da nicht dieses Messer gewesen wäre. Und welche Aussage kann glaubwürdiger sein als jene eines langjährigen Chefinspektors, der noch jeden Mörder überführt hat?«

Wendelin Wurm glaubte langsam selbst daran, dass das Glück auf seiner Seite war. Er fühlte sich schuldig. Die Tötung von Martin Winkelsteher war kein Kavaliersdelikt. Klar, der Typ war ein unangenehmer Bursche, kein netter Zeitgenosse. Dennoch war seine Reaktion überzogen gewesen. Und es kam noch hinzu…

»Ich weiß nicht, ob ich bei der Kriminalpolizei bleiben will. Mich hat das alles sehr mitgenommen.«

Fritzi Schuch schüttelte den Kopf. »Wendelin, Wendelin. Du zarte Seele, du sanftes Pflänzchen. Was glaubst du, was einem Kriminalisten alles im Laufe der Jahre widerfährt? Niemand ist davor gewappnet, es mit unangenehmen Situationen zu tun zu haben. Noch dazu war der Vorfall im Prater ja eine Notwehr von dir als Privatperson. Wobei du selbst andernfalls keine dienstlichen Probleme zu befürchten hättest. Es ist dumm gelaufen, der Mensch hat nicht damit gerechnet, dass du dich wehrst. Er hätte dich kaltblütig umgebracht oder hatte es wenigstens vor.«

Da war sich Wendelin nicht so sicher. Eine Abreibung, eine weitere Demütigung seines ehemaligen Klassenkameraden konnte das Ziel von Martin gewesen sein. Und dann waren ihm sämtliche Sicherungen durchgebrannt. Eine Überreaktion, ein Mord…

»Ich bin nicht so unschuldig, wie du vielleicht glaubst. Ich habe einen Menschen getötet. Wahrscheinlich war es Totschlag, weil nicht vorsätzlich. Aber du kannst mir glauben, dass ich keineswegs so reagieren musste. Martin Winkelsteher könnte noch leben, wenn ich nicht so sehr im Blutrausch...«

»Gemach, gemach!« Ex-Chefinspektor Kneiffer trat ins Zimmer und machte einen übermüdeten Eindruck.

»Bilde dir nur nicht ein, ein kaltblütiger Killer zu sein. Sonst werde ich dich zur Strafe mit dem Beginn meines ersten Kriminalromans konfrontieren.«

»Wo kommst du denn her, Edi? Hast du die ganze Zeit mitgehört?« Fritzi Schuch spielte die Verwunderung nicht, er war ehrlich verblüfft.

»Nur die letzte Minute oder so. Schuldeingeständnis, Blutrausch... Unser angehender Kriminalist hat zu viele schlechte Kriminalromane gelesen.«

»Und darum bietest du ihm jetzt deinen als Lektüre an?«, sagte Fritzi Schuch mit einem verschmitzten Lächeln.

»Ich will schließlich den Erwartungen gerecht werden, die in mich gesetzt werden. Und morgen wird es einen Showdown geben, der sich gewaschen hat. Versprochen!«

»Du bist ein Hellseher, Edi! Den Showdown wirst nicht du zu verantworten haben, sondern wir. Und Wendelin, unser Küken, wird dabei sein!«

Wendelin Wurm schlich mit gesenktem Kopf aus dem Raum.

»Der weiß noch nicht, dass sich niemand daran gewöhnt, mit Menschen konfrontiert zu werden, die auf unnatürliche Art und Weise zu Tode kamen. Dabei hat er verdammtes Glück, den ersten Toten selbst produziert zu haben. Du meine Güte, was wäre das für ein Einstand für mich gewesen, als ich vor einer halben Ewigkeit Teil der Mordkommission werden wollte...«

Fritzi Schuch freute sich darüber, dass alles so glatt über die Bühne gegangen war. Erst sein Aufstieg zum Gruppeninspektor, und schon der erste Fall, in dessen Aufklärung er in dieser Funktion involviert war, löste sich fast von selbst. Nun ja, es gab Anlaufschwierigkeiten, doch selbst der beste Ermittler konnte gewisse Dinge nicht ändern. Dieser Praktikant war ein Gerechtigkeitsfanatiker vor dem Herrn. Wollte sich am liebsten selbst in eine Zelle sperren. Dabei war Ferdinand Hunter nur darauf aus gewesen, eine mörderische Situation zu erzeugen. Er zog die Fäden, Winkelsteher war die Marionette. Wie ließ es sich sonst erklären, dass er die Leiche genau an jenen Ort platzierte, wo er kurz zuvor seinen Bruder ermordet hatte?

Trixi Hunter hatte ihm einen Blick in die Aufzeichnungen ihres Mannes werfen lassen. Dieses Werk über den Zentralfriedhof ging weit über irgendwelche touristischen Attraktionen hinaus. Teil des Buches sollte ein besonders komplexer Plan sein, auf dem eine große Anzahl von Gräbern eingezeichnet ist. Und als großes Extra existiert ein Computerprogramm, durch das sich der Betrachter in 3-D die einzelnen Gräber genauer anschauen kann. Ein Friedhof, der virtuell begangen wird, eine echte Revolution! Alfred hatte Ferdinand nicht bestohlen, sondern bloß einige recherchierte Daten zum Teil des Plans gemacht. Damit noch mehr Hinterbliebene ihre teuren Verstorbenen virtuell besuchen können. Alfred war ein genialer Tüftler gewesen, Ferdinand zu sehr auf Geschichten fixiert, die den Zentralfriedhof geprägt haben. Gemeinsam hätten sie ein ausgezeichnetes Gespann abgegeben, doch dann hätte Fritzi nichts zu tun gehabt. Die Mordkommission hat schließlich keine Daseinsberechtigung, wenn es nicht diese vielen Morde aufzuklären gibt. Jeder Mord ist einer zuviel, doch gelöste Mordfälle mochten den involvierten Ermittlern nicht nur das Gefühl von Erfolg vermitteln, sondern möglicherweise eine Sprosse die Karriereleiter hinauf bedeuten. Fritzi Schuch war zufrieden. Schade nur, dass er seine literarischen Pläne völlig verwarf. Aus einem an Literatur interessierten Menschen war ein Kriminalist geworden, der sich kaum mehr Zeit für die schönsten Künste nahm. Er genoss es, sich als Opfer einer Prägung zu sehen, die ihm übergestülpt worden war.

Zwölf

Ex-Chefinspektor Eduard Kneiffer schaute auf die Uhr. Er war fast eine halbe Stunde zu früh dran, hatte andererseits den kürzesten Anreiseweg. Sein unmittelbar neben dem Zentralfriedhof gelegenes Stammgasthaus konnte sich über zu wenig Gäste nicht beklagen. Selbst am späten Nachmittag wurde eifrig konsumiert. Kneiffer fühlte sich wohl in diesem Raum. Wenn da nur nicht dieser lästige Anlass wäre... Die Feier seines 60. Geburtstages. Er hätte auf das große Trara, das ihn womöglich erwartete, gerne verzichtet.

Die Zeit verging und verging nicht. Zehn Minuten, zwanzig Minuten, dreißig Minuten. Und dann tauchte plötzlich Fritzi Schuch auf.

»Tut mir leid, aber aus deiner Geburtstagsparty wird wohl nichts. Sondereinsatz! Drogendealer-Geschichte...«

Eduard Kneiffer heuchelte gar nicht erst Enttäuschung.

»Ist schon in Ordnung. Muss ja nicht sein. Vielleicht lässt sich das später nachholen.«

Fritzi und Eduard saßen noch ein paar Minuten im Lokal und genehmigten sich ein Bier.

»Ich muss jetzt auch wieder los«, sagte Fritzi Schuch und vermittelte einen traurigen Eindruck.

»Tja, dann werde ich jetzt noch eine Runde auf dem Zentralfriedhof machen. Schadet nicht, wenn ich mir ein bisserl die Füße vertrete.«

Doch kaum waren Eduard und Fritzi ein paar Schritte gegangen, tauchte eine größere Gruppe von Menschen auf, die sich als Musikkapelle herausstellte. Sogleich wurde ein Geburtstagsständchen intoniert. Eduard Kneiffer war so überrascht, dass er seine

Tränen nicht zurückhalten konnte. Nach dem Ständchen folgten noch drei weitere musikalische Leckerbissen. Und spätestens als Belinda Winter auftauchte, waren sämtliche Dämme gebrochen.

Das Essen mundete dem Geburtstagskind vorzüglich. Eine gute Stunde verging, bis Belinda Winter sich und ihr Glas erhob, und mit einem Löffelchen dagegen schlug.

»Achtung, Achtung«, schrie sie mit einer schrillen Stimme. »Ein gewisser Eduard Kneiffer ist heute 60 Jahre alt. Sie sollten sich vorsehen, denn er ist immer noch in der Lage, Mörder zu überführen, wie er erst unlängst wieder bewiesen hat. Seien Sie so gut, verehrte Festgäste, und erheben Sie Ihre Gläser auf einen Menschen, der auf seine alten Tage naturgemäß dem Friedhof näher ist als der Geburtsklinik.«

Gelächter machte sich breit. Die angesprochenen Menschen taten, wie ihnen geheißen, und prosteten dem Jubilar zu.

Eduard Kneiffer wusste, was nun von ihm erwartet wurde.

»Ich danke euch allen, dass ihr so zahlreich erschienen seid. Die Musik hat mich echt aus den Socken gehauen. Fehlt nur noch, dass ihr mir eine Festmesse geschrieben habt.«

Plötzlich wurde es ganz ruhig. Belinda Winter ging auf ihren Ex-Lebensabschnittsgefährten zu und übergab ihm ein kleines Päckchen. Sie gratulierte ihm, und platzierte ihre Lippen auf seinen Lippen. Eduard Kneiffer öffnete dann das Päckchen mit leicht zittrigen Fingern. Es kam eine DVD zum Vorschein. Auf dem Cover war der Zentralfriedhof abgebildet.

»Wir haben an alles gedacht!« Fritzi Schuch stellte einen Laptop auf den Platz, der kurz vorher von einem Teller drapiert worden war, welcher ein Wiener Schnitzel aufgeladen hatte.

Eduard Kneiffer schob die DVD in den Schlitz und kurz darauf ertönte eine ihm nicht unbekannte Melodie. Bilder des Zentralfriedhofes tauchten auf. Und dann ein komplexer Plan des zweitgrößten Friedhofes Europas.

»Nachdem du schon im fortgeschrittenen Alter bist, werde ich dir das Programm auf dieser DVD genauer erklären müssen«, witzelte Fritzi Schuch. »Ich kann mich noch gut daran erinnern, als wir gemeinsam das Grab von Arthur Schnitzler gesucht haben. Es war leichter auffindbar gewesen, als wir gedacht hatten. Doch das trifft bei weitem nicht auf alle Gräber zu. Trixi Hunter, die Witwe des ermordeten Alfred Hunter, hat mir von einem Projekt erzählt, an dem ihr Mann mit Inbrunst gearbeitet hat. Er wollte den Zentralfriedhof dreidimensional erfahrbar machen. Und es ist erstaunlich, wie das vorläufige Ergebnis ausschaut. Denn er hat einen großen Komplex des Areals dreidimensional erfasst. Es ist also möglich, auf dem Zentralfriedhof virtuell spazieren zu gehen. Die Beta-Version, welche wir dir überreicht haben, ist eine Revolution auf dem Software-Markt. Eine solch akribische Arbeit wird früher oder später hunderttausende Menschen faszinieren. Doch du, lieber Edi, bist der erste User, der sich intensiv mit diesem Programm beschäftigen wird können. Und es ist ja nicht nur so, dass du den Zentralfriedhof virtuell durchschreiten kannst…«

Eduard Kneiffer brauchte eine Weile, um dieses Geschenk zu verdauen. Erst nach einer oder zwei Minuten trat er auf Trixi Hunter zu, die ein paar Meter von Fritzi Schuch entfernt stand. Er umarmte sie, und flüsterte ihr etwas ins Ohr. Danach war wieder Fritzi an der Reihe.

»Ich kann es gar nicht glauben… Überhaupt nicht glauben…«

»Probiere es aus. Und weil wir alle an deiner Freude teilhaben wollen, haben wir Vorkehrungen getroffen!« Eine Leinwand wurde hochgezogen, dann der Raum verdunkelt.

Fritzi Schuch gab ihm eine kleine Einschulung und schon wurde auf der Leinwand der Weg von Tor 1 ausgehend demonstriert. Der User konnte in jeden Seitenweg einbiegen, und auch die meisten Gräber in Augenschein nehmen. Faszinierend.

»Aber nun die Sonderfunktion!« Fritzi Schuch gab in die rechts oben angebrachte Suchmaske den Namen Eduard Kneiffer ein, und drückte auf die Return-Taste. Mit deutlich überhöhter Geschwindigkeit wurde dreidimensional der Weg von Tor zwei aus bis zur Grabstelle von Eduard Kneiffer beschritten. Dem Ex-Chefinspektor wurde vor Erstaunen mulmig zumute.

»Das, das gibt es ja gar nicht…«

Fritzi Schuch bewegte sich virtuell ein wenig nach links, bis die Grabstelle von Linda Wunderlich auftauchte. Zusätzlich wurden Informationen über die Verstorbene eingeblendet. Wann sie geboren und gestorben war sowie der Spruch, der auf ihrem Grabstein steht.

»Und du kannst eine virtuelle Kerze anzünden! Mit diesem Programm wird es dir möglich sein, den Friedhof zu besuchen, wann immer du magst. Auch wenn es draußen noch so stürmt und schneit.«

Die versammelten Gäste wurden Zeugen einer starken Gefühlsregung von Eduard Kneiffer. Er weinte hemmungslos, konnte gar nicht mehr damit aufhören.

Da stand plötzlich sein Sohn vor ihm, der ihm die ganze Zeit schmerzlichst gefehlt hatte, auch wenn er es nie und nimmer hätte zugeben können.

»Das war der erste Streich, Papa. Der zweite folgt sogleich. Ein gewisser Jürgen Heimlich und ich haben uns mehrmals getroffen. Und nun übergebe ich das Wort an den Autor.« Jürgen Heimlich lächelte Eduard Kneiffer an.

»Ich weiß ja von deinen Ambitionen, Autor zu werden. Und ich bin davon überzeugt, dass du früher oder später einen großartigen, an der Realität angelehnten Krimi schreiben wirst. Ich werde dir dabei helfen, das ist das Eine. Und das Andere habe ich für dich eingepackt.«

Eduard Kneiffer schnäuzte sich. Er nahm das Päckchen mit wiederum leicht zittrigen Fingern entgegen. Kaum war das Buch zum Vorschein gekommen, schüttelte der Ex-Chefinspektor nur den Kopf.

»Das gibt es nicht, das kann es nicht geben! Soviel Glück auf einmal ist zuviel.«

Vor ihm lag ein Exemplar eines Kriminalromans. Der Titel lautete *Zentralfriedhof. Der Krimi*. Geschrieben von Jürgen Heimlich.

»Dein Sohn hat mir soviel von dir erzählt, dass ich mir ein gutes Bild von dir machen konnte. Natürlich ist diese Geschichte eine bloße Annäherung. Du hast noch einmal deine kriminalistischen Vorzüge bewiesen, indem du einen wichtigen Beitrag zur Aufklärung des Mordes an Alfred Hunter geleistet hast. Und zudem hast du den Anwärter auf eine Karriere bei der Kriminalpolizei, Wendelin Wurm, mit deiner Aussage entlastet. Möge dir dieser Krimi Freude bereiten, und ich hoffe, dass du dich zumindest in Ansätzen wieder erkennen wirst.«

Es ließ sich für Eduard Kneiffer nicht verhindern, den Autor zu umarmen. War das alles wirklich Realität und nicht doch geträumt? Nun kamen alle seine Ex-Kollegen, Freunde und Freundinnen, Bekannte und Angehörige diverser Mordopfer auf ihn zu, um ihn der Reihe nach zu umarmen. Eduard Kneiffer befand sich in einem Ausnahmezustand. Immer wieder übermannten ihn seine Gefühle und er weinte. Dieses Fest würde er nie vergessen. Und diese beiden Geschenke waren das Großartigste, was er in seinem ganzen Leben geschenkt bekommen hatte. «Ich will wieder leben!« Dieser Gedanke schoss ihm in den Kopf. Ja, wieder leben, und das Leben genießen. Den Zentralfriedhof würde er nach wie vor in Ehren halten, doch das Leben ging über dieses Areal hinaus. Er nahm sich vor, wieder zu leben und nicht Tag für Tag den Tod als einzige Zukunftsperspektive zu sehen. Er war den Menschen, die ihm dieses exklusive Geburtstagsfest beschert hatten, unendlich dankbar.

FSC
www.fsc.org

MIX

Papier | Fördert
gute Waldnutzung

FSC® C083411

Zeitfracht Medien GmbH
Ferdinand-Jühlke-Straße 7
99095 Erfurt, Deutschland
produktsicherheit@kolibri360.de